岁月留影

我家的老照片

丹孃 著

生活·讀書·新知 三联书店

Copyright © 2017 by SDX Joint Publishing Company
All Rights Reserved.
本作品版权由生活·读书·新知三联书店所有。
未经许可,不得翻印。

图书在版编目(CIP)数据

岁月留影:我家的老照片/丹孃著.—北京:生活·读书·新知三联书店,2017.12
ISBN 978-7-108-05994-9

Ⅰ.①岁… Ⅱ.①丹… Ⅲ.①回忆录-中国-当代
Ⅳ.①I251

中国版本图书馆 CIP 数据核字(2017)第 188145 号

责任编辑	麻俊生
封面设计	储 平
责任印制	黄雪明
出版发行	生活·讀書·新知 三联书店
	(北京市东城区美术馆东街22号)
邮 编	100010
印 刷	上海丽佳制版印刷有限公司
版 次	2017年12月第1版
	2017年12月第1次印刷
开 本	880毫米×1230毫米 1/32 印张 6.25
字 数	100千字
印 数	0,001—5,000 册
定 价	28.00元

前言

每个人都有故事,都有要讲的自己的故事和想听的别人的故事。不知不觉中,我把书写好了,也把故事讲完了。

本书的内容取自我的家族以及与家族有关的人和事,而最初的灵感来源于爷爷留下的老照片。在整个写作的过程中,我交汇使用了两种语言,一种是文字表达的语言,另一种是照片展现的语言。我在长辈的口述中、父亲的回忆录里、童年印象的时光隧道里"来回奔波"捕捉灵感。太爷爷是怎么走进大上海的,爷爷是如何闯荡十里洋场的,父亲又是怎样为国为家贡献自己一生的?我努力寻找着这一个多世纪来家族中曾经出现过的那些人和那些事,那些生命轨迹中的点点滴滴和人性中的真情真爱。

斗转星移,岁月更替。上海,这个东方大都市,在百年历史的长河中,上演了一幕幕悲喜剧。无论是名门望族还是平民百姓,家家都有本难念的经,个个都有难走的路。在这样的环境下生存,需要人的坚韧、耐心、勇气和非凡的智慧。有的人带着国恨家仇,在这块土地上浴血奋战;有的人以实业救家国,同样在这块土地上实现梦想。我故事里的个人、家庭、家族演绎的是一部跌宕起伏的百年历史,虽然不是鸿篇巨制,但也算精彩纷呈。

上海特殊的发展形成了"海纳百川、兼容并蓄"的海派文化,电影、文学、绘画、服装、建筑、摄影等艺术形态在上海兴盛,给这座城市带来了勃勃生机。同样,文化艺术和"忠厚传家久"的基因,给生活在这座城市里的人们带来了学识、才干、智商、情商、待人、处世等品位的提升。

念之所来,思之所往。每次翻看爷爷留下的老照片,我便打开了封存多年的岁月记忆。我今天所做的就是把它保存、流传好。它不仅是一种血脉的延续,更有了一种文化传承的意义。

当年的家都不在了,当年的人也远去了,岁月像条河,在时光中慢慢流淌。我想让过去的事飘向未来,让以后的人看到我写的故事。

丹　孃

2017年10月于上海

目 录

生命与故土 001

宝康巷旧梦 014

保姆老妈妈 024

家在上海滩 033

孤岛二三事 044

苦海沉浮记 053

火烧小白栅 062

乱世桃源行 072

黎明的岁月 079

情归丝绸路 090

古柏话往事 096

云中的菩萨 107

阿土的故事 113

邵家女汉子 117

忆石伽爷爷 122

石库门风情 138

老屋的记忆 146

我的维纳斯 154

小燕子的歌 161

一杯麦乳精 168

万航一口井 175

爷爷的胶片世界 183

后　记 192

生命与故土

"我从哪里来?又会去哪里?"

人的一生,似乎都在这两个关乎生命的"来"与"去"中寻找答案。一张家族的老照片给了我一个启示,无论是从未见过面的太爷爷,还是一起生活过的太奶奶,我,就是他们血脉的延续。

我家祖籍据说为安徽歙县许村,它源于东汉,古时候称富资里。历史中曾有记载,南朝梁时新安太守任昉看中此地风水,辞官归隐于此,村名遂更名为"昉溪"。村落采用传统的"风水"理论,整个布局呈现"临水而建、双龙戏珠、倒水葫芦"的态势。到了唐朝末年,户部尚书许儒为避战乱,居住于此。许氏家族渐旺,村名便改称许村。明朝大学士许国、清朝末代翰林许承尧均是许村人。宋仁宗钦赐为国捐资的许克复为"大宅世家",宰相王安石专为《古歙许氏宗谱传》作序。许村历史上先后出过进士四十八人,为徽州古村落之最。南宋以后,徽商崛起,许村依托着安庆府和徽州府之间的徽安古道迅速繁荣,至明清时达到一个顶峰。

明朝年间,我家的先祖移居金陵,靠经营丝绸为生。晚清太平天国时,为避战乱逃难到了松江,后来又迁居杭州,直到太爷爷年轻时来上海闯荡。从此,这个家族就在上海开枝散叶,我,就是这个家族在上海生存的第四代。

我的爷爷、奶奶从小在杭州长大,说一口蓝青官话,都是标准的"杭铁头"。我和父亲两代人都出生在上海,蓝青官话自然也就失传了,虽然杭州话我一句也不会说,但从小在爷爷、奶奶身边长大,家中亲戚往来都习惯用家乡话,所以,这种语言就是我最熟悉的乡音。从某种程度来说,乡音也是一种气息,气息就像气味一样是可以渗透到人的骨髓里的。

小时候见过的那本《许氏家谱》出自曾太祖父许小泉之手,从他亲手缮写的这本家谱中可见曾太祖父有一手好书法,是个颇有文采的"儒商"。太爷爷许康甫没有留下什么墨宝,但他却有收藏墨宝的本事,而这一切和他的眼光有关,也和他有个能干的妹妹有关。杭州,历来是文人雅士的孵化地。当年,杭州"三庆里"这个大宅院吸引了一批江南很有名望的文人墨客,就像今天的文化会所、艺术沙龙。中国旧文人的生活追求一个"雅"字,听戏唱曲,舞文弄墨,能走进这个圈子的绝非平庸之辈。我的太爷爷,作为这个艺术沙龙里的核心人物,有很多机会交结那个年代的一流书画家。西泠印社的创始人吴昌硕,工诗文擅书法的赵子谦,金石书画无不精湛的赵叔儒,与虚谷、吴昌硕、任伯年合称"海派四杰"的莆华,这些名声响当当的人都是中国晚清时期书画艺术界的浙派领军人物。他们进出三庆里,给太爷爷留下不少墨宝,所以,家中的好多藏画也都留有"赠与康甫"的字样。

记得小时候,过了黄梅天,爷爷会小心地从几个大箱子里取出一卷卷立轴,一边悬挂在通风处晾着,一边告诉我这些东西的来龙去脉。可惜那时的我年纪实在太小,哪记得住所有作者的大名?但我懂得,挂着的每一件都是珍品,都有着相当高的艺术价值。日后我才知道,这个宝箱里还有过吴昌硕的四幅真迹,曾经在当年家里的客厅里悬挂过。记得有一幅近代著名书法大家郑孝胥的作品,这幅真迹苍劲有力,既有精悍之色,又有松秀之趣。爷爷平日话不多,但"人要从小学本事,以后一辈子受用"的训导还是起了一定作用的。那时候,我人虽小,但视觉的记忆却很强,后来在爷爷的启发下,我慢慢学着临摹起这些挂在墙上的大字,还临摹了白焦、邓散木的扇面、册页里的真迹。记得"散木"的签名,有点像八大山人签名,是一种奇异组合。这些近代书法家的作品在我幼小的心里种下了根并影响了我一辈子。人的感觉很奇怪,当我学会用毛笔写下"康甫"二字时,一种亲人的气息扑面而来。当我第一次被长辈带去杭州,惊奇地发现,眼前的山山水水是如此熟悉,好像早就来过似的,它们都是在家里的立轴画里见到过的。这,也许就是生命与自然间的神秘链接。

昔日的三庆里,先生们在大厅挥毫弄墨,女眷们在后院麻将翻腾。后来,奶奶给我描述起那里面的院子时,神情总是美美的:"那个院子里啊只种兰花的,还是各个品种的,故起名兰苑。"记得小时候见爷爷在自家小阁楼里养过兰花,随着天窗阳光的移动,他会把花盆小心移向阳光处,浇水的干湿度也掌握得恰到好处,屋里总是弥漫着淡淡的幽香。如此养兰水平,莫非是因为他的成长和"兰苑"有关?

年轻时来沪闯荡的太爷爷后来在熟人介绍下,谋得一份在上海总商会当账房先生的差事。总商会当时控制在江浙财阀手中,会长虞洽卿是宁波帮的巨子,财大气粗,连洋鬼子们见了也要礼让三分,现在的西藏路那时就叫"虞洽卿路",可见他的气势之威。杭州虽是省城,但经商之道远远比不上宁波,所以,到上海谋生,投靠宁波帮是很自然的。太爷爷本人虽没有显赫的业绩,但他完成了这个家族从杭州到上海的迁徙,也给这个家族留下了那个时代的文人墨宝和三庆里的沙龙故事。我想,文化的血脉就是通过这些作品和故事而得以保存,它远比财物贵重得多。

年轻时的太爷爷

一百年前的太爷爷和太奶奶

童年时期的爷爷和太爷爷

青少年时期的爷爷和太爷爷

青少年时期的爷爷

太爷爷寿命不长,在我父亲出世前就已经不在了。倒是我的太奶奶沈氏是个长寿之人,她瘦瘦高高的,就是照片上的模样。太奶奶是宁波人,她的正宗的宁波官话一直维持到生命的最后一刻。也许因为她的发音,叫我的小名有点怪怪的,所以,从小和她疏远是怕她难听的叫唤。太奶奶的房里长年供奉着三尊观世音菩萨,用一个大玻璃罩子罩着。这三尊用瓷器做的菩萨,大小不一,形态各异,非常精美。我最喜欢看的是观音娘娘那只纤细的手。太奶奶告诉我:"她是送子观音,你爸爸就是我求她送来的,我还要给你求个小弟弟来。"可惜,太奶奶这回不灵了,观音娘娘如何主宰得了飘摇动荡的社会里人的命运?我既没有弟弟也没有妹妹,父母的离异,家庭的过早破碎,使我成为家里的"独苗苗"。太奶奶是一位虔诚的佛教徒,每当重大的佛事来临时,她都会带上供品去普陀山烧香,而敬香的路上是不许家人陪伴的,也许是以此表达对佛的虔诚。生活中的太奶奶吃素念佛，还有个收藏玉器古董的嗜好。有趣的是她从来不去旧货市场淘，而是每月有专人送上门来随她挑。她的收藏究竟有多少价值，谁都搞不清，但因为喜欢而带给她的开心倒是真的。一直板着的脸此时有了些许的微笑，这个家，也添加了些许的温度。

  太奶奶留给我的最后一面是在万国殡仪馆的葬礼上，绫罗绸缎覆盖下的她安详地睡着，我被保姆从幼儿园接来和表哥一起站着守灵。这是我人生第一次面对死亡，但还不知道啥叫害怕。大概晓得那种奇怪的叫唤不会再出现，我大胆地摸着太奶奶那双细细的手和手指上两颗巨大的玛瑙和翡翠戒指，那种红与绿在昏暗的灯光下异常耀眼，这种色彩的记忆帮我留住了那个葬礼清晰的印象。太奶奶被葬在虹桥公墓里，旁边是一个新娘的墓地。开始几年我被大人们带着去扫墓，还总是抢着先看那新娘墓碑上的漂亮照片。好多年后,虹桥公墓被征用,后辈也没法追究当年爷爷辈用金条买下的墓地的归属问题,那两颗漂亮的红和绿的宝石戒指也随着一代人的消失而永久留在我的记忆中。

宝康巷旧梦

　　小时候，在家里的小阁楼上曾经见过一本深褐色硬封面的画册，内页有许多美女画，其中就有我奶奶"杭州四小姐"的相片。究竟是当年杭州选美名册，还是一本那个年代的时尚杂志，具体是什么记不得了。但我清晰地记住了奶奶那张惊艳的单色相片，年龄大约是十七八岁的样子，照片里透出的大家闺秀的美绝不输给那个年代上海滩上的电影明星。如今，这种童年时的形象记忆变成了一种成年后的珍贵回忆。

奶奶出生在杭州城"宝康巷"一个姓邵的中医世家,父亲邵筱堂是当地很有名望的一位中医。这是一个规模不小,具有医院诊所、药房的中医院,它设在一条又长又深的巷子里,真可谓酒香不怕巷子深,慕名来看病就诊的人络绎不绝。家里长辈们说起往事时都习惯把宝康巷当作家族诊所的名字。我曾经多次往返杭州,想亲眼看看真实的宝康巷究竟是什么样,可惜这几年,随着城市建设发展,宝康巷和许多有些年头的老建筑都被无情地拆除,在人们的视野里消失了。

当我走进杭州清河坊老街,看到胡庆余堂、九和堂、李保赢堂、保大参号等当地一家连着一家古色古香的老字号中药房中医院时,我努力从每一个蛛丝马迹里寻找老祖宗的影子,因为这里的一切都很像老人们向我描述的宝康巷。大热天里,人走累了,走进临街的又高又宽敞的中药房,喝着那里免费提供的甘草凉茶,在红木凳子上坐坐歇歇脚，真是十分惬意。望着那些神秘莫测的抽屉，以及各种奇奇怪怪的药名标签，什么党参、黄芪、益母草、白芨、半夏、朱砂、天麻，一股浓浓的中药味扑面而来，从嗅觉到视觉，心里有一种莫名的感动。小时候，中药房带给我的神秘感完全是因为那高高的踮着脚也够不到的柜台，现在的我坐着就能看到柜台后的一切。只见药剂师们熟练地从那些小抽屉里抓一把药放进一杆精致的小秤里，然后添一点或减一点，最后放在一张铺着的牛皮纸上，手脚麻利地包扎成漂亮的小纸包。这个过程让我兴奋不已。从门前店堂走进，穿过过道、回廊、庭院，后面的一间间厢房便是诊所。头发花白的老中医们正耐心地对着病人望、闻、问、切。这场景像极了家中老人们对于宝康巷的描述。

当然，历史上真实的宝康巷还不仅仅是前店后院的格局，那个大宅院后面是邵家老爷太太少爷小姐几十口人一大家子的住宅地。当年的宝康巷究竟有多大规模？

年轻时的我奶奶

恋爱时的爷爷和奶奶

结婚后的我奶奶

奶奶游西湖

时尚漂亮的我奶奶

其实,这种有"一进、二进、三进"的老建筑我们见得很多,尤其是江浙一带,其规模的大小完全看这家的经济实力。听说,家中有大小两个厨房,小厨房用于家眷,而大厨房用于员工。听说,开饭时,用餐者要分批进入,因为,光是家中打杂的、轿夫、保姆、丫鬟就能坐上满满一大桌。对于奶奶娘家的故地寻访一直是我的愿望,可惜,我现在只能凭着那些描述去寻找踪迹和一种形象上的对接。

邵家老爷是清末杭州城里一位颇有名望的中医,现在无法考证他是这个中医世家的第几代传人,但他因高超的医术和行医中善待穷人的原则,深得当地百姓的爱戴。几千年来的中国社会,长期处于封建割据状态,战乱不断,民不聊生,社会生产力和珍贵的文化产品都遭受过严重的破坏,中国的中医中药正是在曲折的历史进程中获得发展。因为,无论哪个朝代,无论风云如何变幻,无论你是显赫的贵族还是一介平民,凡有伤痛者都离不开医者。历代名医常被百姓传颂为"仙"。中国本土是道教的发源地,道教又是以为人看病来传教的,得道者则升天成仙,因此,为百姓拥戴的医生就都被描绘成了"活神仙"。西子湖畔,留下许仙白娘子爱情的传世美谈,相传他们就是仁术济世的典范。

邵家老爷是当地百姓引以为傲的"活神仙"和大善人。穷人看病,他常常分文不取,施医又施药。大冷天,他在大药房门口施热粥;大热天,任何人都能进到店堂喝口凉茶歇歇脚。当然,为有钱人看病则按价就诊,门厅内停放的包车就是专为他出诊所用。他用一辈子的努力成就了自己的事业,也拥有了一个令许多人羡慕的大家庭。大房太太生了两个儿子后亡故,二房娶进后又生了二男七女,我奶奶便是这七个女儿中的老四,也是家中最漂亮的一个女孩子,大家都称她"四小姐"。兼有美貌和富裕的家庭背景,邵家四小姐自然是西湖边一朵引人注目的花。每日清晨,有贴身的丫鬟帮着梳头伺候,又陪着上学读书,身后,常有三五成群的富家子弟追逐嬉闹。直到有一天,爷爷把这朵花摘了,明媒正娶移到了上海。

邵家老太爷这辈子靠医术养活了一大家子,可惜这手绝活没能留传下来。显然,中国历史上名门望族后继无人的例子不胜枚举。邵家的儿子吃不了学医的苦,撑不起这份家业,邵家的女儿们又一个个出嫁移居上海,在老爷太太身体每况愈下无力支撑的情况下,宝康巷最终关门歇业结束了它的辉煌历史。宝康巷早已不存在了,但它的名字却在老一辈人中口口相传,如雷贯耳,在我心里,它和美丽的西湖是连在一起的。

保姆老妈妈

我是由家里的老保姆——凤英妈妈带大的,和我同辈的表兄、堂妹们,以及父辈的八个兄弟姐妹全都是她一手拉扯大的。这个家的老老小小几乎都直呼她"老妈妈",她和我们家没有任何血缘关系,却为这个家的三代人付出了自己的一生,由此,我们熟悉她就如同她熟悉我们每一个人一样。

老妈妈的前半生和祥林嫂有着惊人的相似之处。她出生在绍兴的一个深山沟里,用她自己的话来描述:"出门就是山,天只有大凉帽那么大。"一个大字不识的老妇,经常用形象生动的语言来比喻,这种创造性的思维常常让我们吃惊不小。她口中的那个神秘的小山村当然不是美丽的香格里拉,而是和中国的其他山区一样既贫穷又落后的地方,山多地少,一方水土养活不了一方人,只好外出打工谋生。据说山高林密的贫困地区,人的平均寿命较短,尤其是男人更短命。老妈妈和祥林嫂像那个时代的许多妇女一样,很年轻时就死了男人,以后就出来帮佣。祥林嫂是在绍兴本乡,而老妈妈则走得更远,过了钱塘江,进了省城杭州,走进了我奶奶的娘家。好在这个中医世家要比"鲁四老爷家"开明善良得多,少了许多封建礼教。邵家的少爷小姐上的是新式学堂,老爷又是仁术济世的大善人,所以走进这家帮佣是吃不了亏的。我想,鲁迅笔下的祥林嫂真是老实得可怜,假如一开始就冲出牢笼远走高飞,去杭州或上海闯一闯,或许就能改写她的后半辈子的命运了。当然,鲁迅要为《祝福》另寻主人公了。

老妈妈对自己的亡夫一直怀有深厚的感情,时常提到"我家的阿华",就像祥林嫂常唠叨死去的儿子阿毛一样。老天爷真的是无情,结婚没几年就夺走了她的阿华,连个根都没有留下,以后也就没有再嫁。当年,在杭州邵家帮佣时,她和七位小姐中的老四相处得最好,对其选择的婆家也很满意,于是就跟随着我奶奶"陪嫁"到了上海,自然也就成了这个家庭中的一员了。哪知这一来,就此在我家度过了她的整个人生。老妈妈的母亲,大家都叫她"池妈",曾经去过杭州的邵家和上海的许家来帮过忙,后来由于年事已高便回绍兴乡下养老去了。在我出生前她已经不在了,所以只闻其名,未见其人,而凤英妈妈的形象却占据了我的整个童年。我眼中的她个子不高,齐耳的花白短发,满脸的雀斑,背有点驼,常穿一身士林蓝对襟衣,有着一双被裹过后变了形的不大不小的"怪脚",

年轻时的老妈妈怀抱小叔叔摄于上海

一口永不改变的绍兴乡音。劳动人民家庭出身的老妈妈具备一副强壮的身子骨,操持家务更是里里外外一把好手。我从小跟在她的身后耳濡目染,也学会干一些家务活,可惜没有学会她烧的一手好菜。不管怎样,生活中的一些好习惯还是拷贝成功的。我从小学会生活自理,喜欢生活环境的干净整洁,很大原因是受了老妈妈的影响。

"近朱者赤,近墨者黑",老妈妈带大的孩子,理所当然地会受到她身上"绍兴文化"的浸染,尤其是绍兴的饮食文化,绍兴老酒、绍兴梅干菜、柯桥豆腐、朝板香糕等,都是我们的最爱。老妈妈简直就像个变魔术的,啥都会做,腌咸菜、腌萝卜干、腌咸肉、煮茴香豆,连养的鸡都比别人家的壮实。每逢到了过年时,她一个人可以把一大家子整个过年的菜准备停当。真是难以想象,这个家如果没有凤英妈妈的存在,我们会过一种什么样的日子。炎炎夏日的黄昏,家里的小孩们早早地洗完了澡,又用洗澡水把门口的水泥地冲了一遍又一遍。老妈妈也早早地烧好了一锅菜泡饭,放在窗台上晾着。天色渐黑,凉风习习,各家相继搬出了竹椅板凳,纳凉的快乐时光也随着到来。邻家的小伙伴们大都习惯手里捧碗泡饭,搛上几筷咸菜、毛豆,然后东家坐坐西家聊聊。此时的老妈妈高兴时会咪上几口绍兴老酒,边摇着芭蕉扇边给我们讲故事。没有文化的她却有一肚子讲不完的故事,什么"老虎精"啊、"孟姜女"啊、"白蛇传"啊、"梁山伯与祝英台"啊、"阎王和小鬼"啊。我真佩服她超强的记忆力,这些故事爸爸小时候就听过,到我能听这些故事的时候,她依然讲得有声有色。其实,这些故事大都是从戏文里看来的,而戏文又大多是她年轻时在家乡看的。她口中常念叨的"的笃班"其实就是鲁迅笔下的社戏,那是流行于绍兴一带的乡下绍剧。老妈妈最大的爱好,除了绍兴酒,便是绍兴戏了,她的文化素养也几乎全是在戏文里获得的。

记得小时候,我们经常花上几分钱在地摊上租上几本小人书带回家看,大字不识一个的老妈妈居然可以一本本从头翻到尾地给我们讲故事。原来,她都是看着画面按照自己的理解在讲,不管她怎么颠三倒四地编,我们一个个都听得如痴如醉。我常常在这些故事中编织着自己的梦,也在这些故事的伴随下进入梦乡。每当我一人在家独处时,家中斑驳的墙面都被我想象成狮子啊、老虎啊、猫啊、狗啊、云彩啊、树木啊,并且还会把这些"玩伴"一个个画出来,这大概都和平时老妈妈讲的故事有关。

如果说,童年往事像电影画面一样留在了自己的记忆中,那么,现在这一帧帧画面打开依然是那样清晰。风雨交加的夜晚,老妈妈背着高烧不退的我走向医院的急诊室,迷迷糊糊中,只见头顶上那把黄色的油布伞随着她深一脚浅一脚的走动在黑夜里晃啊晃啊的。同样是一个雷雨天,还是那个熟悉的背,老妈妈驮着我,蹚着大水,把我安安稳稳地送进了学校。等我稍稍大一点略懂点事时,会常常疑惑地看着老妈妈微驼着的背,猜想着,是因为背过我才这样驼的吗?答案当然不是,但这个背驮过许多孩子是事实。

随着家中两代人的成长,老妈妈也慢慢地老去,一生的勤劳使得她终天年得高寿,虽然她比爷爷、奶奶都年长十多岁,但比他们都要走得晚。临终的那一天,她和往常一样睡了个午觉,傍晚叫她起床吃晚饭时却怎么也喊不醒了。家中的表兄和邻居家的小伙子们一起抬起了她睡的那个小钢丝床,就这样连人带床送进了附近的华山医院抢救。那一晚,一生辛劳的老妈妈异常平静,我轻轻地为她洗脸擦身,带着我家三代人对她的感恩送她走完了生命的最后一程。她就这样悄悄地走了,连哼也不哼一声地走了,对这个尘世毫无眷恋地走了,没有留下任何未了的事务和叮嘱地走了。这种走法实在是许多人求之不得的标准型"安乐死"——无疾而终啊!我想,只有德高福重之人才能享受到如此的待遇吧。

今天的社会进入物质的高度发达,我们却遭遇了种种道德的毁灭和人性的淡漠,于是我常常会怀念我家的老妈妈，怀念那份没有血缘却胜似血缘关系的亲情。这种情感和我们所有被她抚养过的生命早已深深地融合在了一起，正是这种融合让我明白，爱是需要用心去体会的，尤其是那种默默无言的爱；爱是需要用爱去感恩的，尤其是感恩为自己的成长付出过心血的那些人。

家在上海滩

当我们学习中国近代史时，必然会记住这一天：1931年9月18日，日本帝国主义在中国东北发动了蓄谋已久的侵略战争。紧接着是1932年的1月28日，日本军队在上海发动了一场新的进攻，中国驻军第十九路军奋起反抗。这一年的春天，我的父亲诞生在上海这块土地上。

如果真像现在人所说的那样，这世间有那种"胎教"

存在，那么，奶奶肚子里的生命所受的胎教就不是什么陶冶性情的轻音乐了，而是枪炮的呼啸爆炸声，难民们撕裂人心的哭喊声，夹杂着对死亡的恐惧、不安和绝望。我奶奶是带着八个月的身孕，和全家人混在难民中逃进租界后生下了我爸爸的，原来的居住地在大轰炸中顷刻间化为瓦砾。这个在炮火中诞生的男孩也注定了其一生都将在动荡不安中度过。

父亲出生后的那几年，家中的经济情况还算不错，祖父在公共租界工部局（相当于市政厅）谋得一份差事，主要搞些文书档案的翻译工作。在当时上海的外国租界，翻译工作是大量的，翻译人才是奇缺的。爷爷虽然没有留洋的背景，但他曾就读过杭州惠兰中学这所教会学校，英语底子还是相当不错的。租界当局需要这样的人才，工作人员的薪俸也是优厚的，这也保证了当时全家六口人的小康生活水平。从爷爷留下的不少家族老照片里可以判断，那是这个家最安定祥和的时期。姑妈和父亲姐弟俩过着无忧无虑的童年生活,天生丽质的我奶奶身上穿的是做工精致面料考究的旗袍、洋服,每一张照片里都显现出那个时代的摩登。照片里的姑妈和父亲,服装也从中式逐渐转换成西式童装,喜欢旅游拍照的我爷爷时常带着孩子们外出度假、看电影、吃西餐、访亲友、逛公园。奶奶体弱,有时需要住院疗养。硕大的疗养院里,全家人又一起住进去度周末,对于孩子们来说,那是玩耍的天堂。

我已经记不太清楚自己小时候的事情了,但家里老妈妈常会讲起爸爸童年的那些事。原来,这位许家大公子开口很晚,一直到三岁前,大家都以为他是个"哑巴"。那一年,发生了一件大事,把这个一直迷迷糊糊的"哑巴"给吓醒了。原来,那天他和小伙伴在当时住的桃源新村的弄堂里玩,一棵大树不知何故突然倒下,就压在他的脚边不远的地方,当时他被吓得面无人色,接连几个晚上被噩梦惊醒。这件事情好似当头一棒,大脑"启动了电钮",

开始有了记忆,也慢慢地会用语言交流了。虽然,谁也不能证明,这个倒下的大树和智力的开发有什么必然的联系。

一个有了记忆的孩子,在自己童年岁月里,最容易记住的是什么?是幸福,还是苦难?其实,孩子是不太懂苦与甜的区别,但记忆会随着人的成长产生思想是真的。那个时候,我们的这个家已经从复兴路上的桃源新村搬到了绍兴路的惠安坊,那是一栋三层楼的弄堂房子,底层做客厅,二、三层做卧室,还有两间亭子间,这在今天的上海也算是高档地段了。那时候的上海,除了租界外几乎都是战场,绍兴路上的这个家接近法租界的南缘,向南不远处就是肇嘉浜,这是一条租界和华界的分界河。

上海沦陷了,肇嘉浜的南面枪炮轰鸣,火光冲天,租界里的人只能"隔岸观火",无能为力。一直和老祖母作对的许家大公子此时也乖乖地跟着念阿弥陀佛,祈祷菩萨保佑中国军队打胜仗,消灭东洋鬼子。军队打仗虽然

我爷爷

我奶奶

爷爷和父亲、姑妈

奶奶和父亲

奶奶和姑妈

都在华界,不会进租界,但是枪炮子弹是不长眼的,流弹横飞殃及民众的事情常会发生。为保安全,全家撤到住房的底层,因为越是贴近地面越安全,可这种安全又不是绝对的。当时就有一颗流弹,穿墙过壁,直透底层,幸亏当时没有伤到人。捡到的弹头很长,由上而下,显然是从飞机上射下来的。

1936年11月,爷爷、奶奶在绍兴路惠安坊添了他们的第四个孩子。由于奶奶体弱,接近临产,请来了一位医术很高明的妇产科医生上门接生。爸爸有了一个三弟,现在又添了一个四妹。当一个人来到这个世界,家就是他生命的第一个驿站。整整八十年过去后,我的这位四姑姑重归故里,来到三楼当年的这间"产房",从记忆深处寻找和她生命有关的痕迹。现在这间屋子里住着一位超过百岁的老太,两位素不相识的老人在一处福地相逢,那一刻,人与屋的缘,人和人的缘,似乎合乎逻辑地接上了。四姑姑的寻根,找回的是她生命的链接点,曾经的那个

"家"唤醒的是她点点滴滴的人生回忆。

童年生活常常会在老年的记忆中重现,有时味觉和嗅觉也会帮姑妈形象地再现当年的情形。年轻时的爷爷常常带着几个孩子去公园拍照、去咖啡店吃奶油蛋糕,有时也带孩子参加舞会,但孩子们玩一会就由保姆带回去睡觉,大人们则会玩个通宵。在这类交际场合,奶奶的每次出场常常是最漂亮的旗袍加西式外套,而发型又是当年明星们最时髦的流行式样,这位人称"四小姐"的我奶奶,是许多人赞美的一位上海滩大家闺秀。

有父母的基因起作用,自然许家的孩儿们也个个有模有样,不过天生调皮的老三是家里的闯祸胚。有一次,他趁爷爷不在家,模仿爷爷平日的样子煮咖啡,结果把咖啡壶里一个小机关弄坏了。回到家里的爷爷大发雷霆,幸亏太奶奶出面保了驾,叔叔这才避免了一次皮肉之苦。那把老式的咖啡壶,顶上有个玻璃球,咖啡煮开时里面的水汽会顶着玻璃球不断翻滚。对爷爷来说,人生再苦的日子都不能让他放下最钟爱的咖啡壶。童年印象中的爷爷,一顶鸭舌帽、一根斯蒂克(拐杖)、一个板烟斗,我常常喜欢悄悄地站在他不远处,闻着他烟斗里呼出的那淡淡的烟丝味和那浓浓的雪茄香。

  人的许多记忆常常因"物"而引起。一个板烟斗,可以追溯我童年时闻到的那种烟味;一把咖啡壶,可以追溯童年嗅觉中那股苦香的咖啡味;一件皮毛大衣,也可以让我想起童年被吓哭的那种恐惧。而家中樟木箱的气味大概是难以磨灭的一种最熟悉不过的气味了。或许,正是那种"物"引起的联想,在我后来的摄影中,常常喜欢以简单的"物"为主题,因为影像的背后是一种特别的情愫。

孤岛二三事

1937年7月7日卢沟桥事变,标志着中国人民全面抗战的开始。中国大片国土沦陷,上海成了被沦陷区包围的孤岛。继"一·二八"淞沪抗战后,"八·一三"抗战在上海各阶层中激起更巨大的爱国抗日热情。当时,传颂得最久远的是有关中国军队谢晋元的抗日故事,可歌可泣的四行仓库战役在抗战史上留下重重的一笔。为纪念这位守土卫国与日本鬼子血战到底的英雄,上海后来命名了一个晋元公园和一条晋元路。那个时期还流行一首《中国不会亡》的歌,许多小学生由老师教会唱,还是学龄前的我父亲是跟着自己表哥学会的。抗日爱国的种子深深地埋进了他的心里。

孤岛上海,民不聊生。大批难民涌入,冻死或饿死街头的比比皆是。父亲童年的深刻记忆是,常常清晨起来就看到街上运尸车在"捡尸体"。1938年,父亲6岁那一年得了一场严重的伤寒症,几乎到了死亡的边缘,幸亏得到一位老中医的妙手回春和家中老妈妈的悉心照料才捡回了一条小命。大病痊愈后便到了上学的年龄,于是就"小呀小儿郎,背着书包上学堂"。这,也许是一种生命的奇迹,假如当年这条小命没有捡回,那么后来我这条小命还有机会问世吗?

动荡的年代必然带来动荡的生活。对于一个普通的上海家庭来说,全家有饭吃、孩子有书读算是不错的了。从1938年到1944年,六年的小学生活,父亲走读了四所学校,第一所海光小学离家较近,绍兴路向西走到头就到了(这个校址今天还在,但已经不是学校而是瑞金街道社区文化中心),而后两所都在复兴路上。随着年级的升高,学校离家的距离越来越远。孩子上学需家人每天接送,中午吃饭是个问题。如果回家吃,接送要走两个来回,所以就改为送饭到校。几年中,无论刮风下雨,每餐都由老妈妈送达,开始是喂饱姑妈和父亲两个,后来又增加了小爸爸两岁的叔叔。对于父亲,初小的那几年其他琐碎小事都不记得了,唯独这件吃饭的大事让他终生难忘——那个装饭的圆柱体的铝盒,藏着三双筷子的长布袋,饭盒外套的"大棉袄"。不到中午就盼着下课,饥肠辘辘地望着教室外老妈妈的身影,这,大概就是父亲对于童年最温馨的记忆。同样是老妈妈送饭,我的童年也重演了这样的情景,那种铝制的椭圆形的饭盒,打开的那个瞬间,那股菜香夹着饭香,刺激着我的味蕾,原来味觉也是一种顽强的记忆。民以食为天,吃饭乃人生头等大事。

年幼时的父亲

父亲和叔叔

父亲和姑妈

父亲当年上的海光小学,现为瑞金街道活动中心

四姑姑八十高龄重回出生地惠安坊

解决舌尖上的问题,我们要感谢的是生命中的同一个人——老妈妈。

抗战时期的上海,拥有私家小轿车的自然很少,交通工具是由黄包车向三轮车过渡的时期。大人上班、孩子上学临时叫车很不方便,因此,许多家庭提前去车行立约,由车行派车每天接送,这样的做法既方便了用户,也提高了车的利用率。另外一种是有钱人家自备车子,专供老爷太太少爷小姐外出时用,这类车子装饰得很漂亮(铺上毯子,挂上铃子,插上个鸡毛掸子)。当然,我们这样的中产阶级家庭用车自然是车行预订一类的。

每个人都有自己的童年,我和父亲两代人都因不同的时代背景而经历了不同的童年生活,而支撑自己人生的一定和信念有关,和自己的文化基础有关。也许我们可以感谢生命中的同一个人,他的父亲,我的爷爷。爸爸尚处在启蒙教育时,爷爷就很开明放手,没有为他定向,也没有抓得死紧。上海这个半殖民地十里洋场,素有拜金与崇洋之传统,常常是从小学就开始抓娃娃学外语。按理说,我爷爷,一个穿洋装、讲洋文,混在洋人堆里的洋派之人,抓儿子外语是顺其自然的事。可是,爷爷更崇尚中国古文化的博大精深、源远流长,他嫌学校里中文课太浅薄,专门请了家教为儿子补习中文。从三、四年级开始,以《古文观止》为主教材,也学了《论语》《孟子》《左传》和唐诗等。爸爸学中文,完全不像过去私塾教的那样死记硬背,而是生动活泼,跟着兴趣走。爸爸不喜欢伦理文章,但对于《桃花源记》《醉翁亭记》这类的美文爱不释手,喜欢的都能通篇背诵。有了好的基础,不仅可以轻松地应付学校作业,也有更多的时间走进更宽广的书的世界,怪不得,爸爸后来的书法、诗词、散文都是那么棒。

在受教育问题上我远没有父亲那么幸运,尚在小学四年级时,"文革"开始了,这牺牲的不只是我一个人,是整整一代人的青春年华。那时爷爷只能无奈地做些点拨,关于书法上的、关于绘画上的、关于写作上的。虽然常常只给三言两语,但对于一个求知欲望正强的孩子来说,有和没有大有区别,这多少弥补了一些我的教育上的不足。从爷爷的叹息和沉默里,我读出的是无奈!和爸爸比童年,他经历的是抗战,我经历的是"文革",唯一幸运的是,我们活下来了。

苦海沉浮记

1941年,日军偷袭珍珠港。在上海,日军接管公共租界,这个城市就和江南其他地区一样成为日军占领的"沦陷区"。租界的沦陷对于一般的上海家庭影响不大,但是,对于我们这个家庭影响却非常之大。由于不愿在日本人控制下的工部局继续工作,爷爷愤然辞职了。那天回到家里,爷爷一改往日绅士风度,大发雷霆痛骂日寇汉奸。真没想到,在民族大义面前,爷爷有他自己的选择。家庭顶梁柱的失业,直接影响了全家的生存,骂归骂,饭还是要吃的。这以后,典当变卖维持生活成了这个家的常态。

丢了饭碗的我爷爷为了全家的生计,不得不另寻出路,先后在劝业银行和安华银行担任襄理。原以为这种私人办的银行规模虽小,但老板是沾点亲戚关系的,应该蛮牢靠的。没想到,有时经济利益的驱使,使人可以变成魔鬼。老板兄弟俩带着自己的家眷卷走了银行所有资金去了巴西,坐在襄理位子上的我爷爷毫无防备地被推到风口浪尖上顶罪。银行大股东之一的杜月笙可不是好对付的,上海滩的大流氓要找个人来"问问话"还不是像老鹰抓小鸡那么容易。已经瘫痪的银行如天塌地陷,襄理随时可能被抓。爷爷连夜逃往云南,剩下家中孤儿寡母来对付残局。一直弱不禁风的我奶奶此时用单薄的肩膀挑起了这副担子,她带着自己的大女儿,尚年幼的我姑妈走进了森严壁垒的杜府,大有"要钱没有,要命有一条"的气概。曾经的千金小姐,许家的大少奶奶,在这场危难中顷刻变成一个女汉子。这以后家中所有红木家具被封存,金银首饰、裘皮衣物,能当的就当,能卖的就卖,所有值钱的东西一概不剩,唯一要保住的是"命"。后来整栋石库门房子一间间地转租出去,最后全家退到这个楼保姆车夫住的又黑又暗的那间屋子里。

那时的上海滩,曾上演了多少一夜暴富的传奇,而从天上掉到地下的一贫如洗的悲剧同样不计其数,相信这样的"彩票"砸到谁的头上都是难以承受的。

因为战乱不断,许多难民涌进上海这个"安全岛"避难。人口剧增,市区的房屋突然变得十分紧张和拥挤不堪,房价房租自然迅速上涨。那个时候的房产都是私有的,在房产的所有者和使用者之间永远存在一对矛盾。房产的主人拥有大量房产并不是为自己家庭所用,而是作为一种产业,要租赁出去以生利。社会上需要房子的人比比皆是,但因为房租很贵,住不起,只有在缩小面积上做文章,因此一幢房子往往要供十几甚至几十户房客居住。房主自己又往往另有事业,不能来经营这些十分琐碎的业务,于是一种顶房制度应运而生。有的人一次投入一笔资金(通常是以金条俗称黄鱼为计量单位),向房主(大房东)顶入一定数量的住房,然后向房客拆零租赁出去,每月由他来收取房租,这便形成一个新的社会群体——二房东。

  我们这个家族曾经在住房的顶进顶出、租进租出上做了不少文章,其身份忽而是房客忽而是二房东。当年,爷爷把住过的绍兴路惠安坊的一幢三层楼房高价顶出去,全家搬进较低房租的住房,用余下的顶费便可以用来做生意。而当生意上赚了钱后,又以较便宜的价格顶进整幢梵皇渡路(今万航渡路)的一套石库门房子,在最困难的时候又一间间地租了出去。在这个城市生存下来真是不易,需要不断提升谋生的能力和技巧。这样频繁地如老鼠搬家,实在令人不可思议。

曾经的住处复兴路桃源村

父亲和叔叔在桃源村家门口

父亲和表姑在桃源村家门口

父亲、姑妈和叔叔在桃源村

姑妈六岁时摄于桃源村

八十年后姑妈重回旧地

据尚健在的姑妈回忆，我们这个家在上海曾经居住过的地方有：圣母院路（今瑞金南路）钱家巷、复兴中路桃源村62号、思南路思南公馆（今思南公馆梅兰芳故居隔壁）、绍兴路惠安坊6号、富民路古柏公寓24号和66号、太仓路慈云别墅、淮海中路仁和里、南市望云路小白栅弄、延安西路晋白坊、闸北区宝山路、梵皇渡路（万航渡路）446号。这些地方早已有的在战火中被毁，有的在城市建设中被拆。当我陪着姑妈走进还保留着的几处老房子时，她激动地给我讲述当年的故事。桃源村的那个铁门前曾经有一张她六岁时爷爷给她拍的吹泡泡照片，而我为已经八十六岁的她在同一个地点又拍了一张，两张照片跨越整整八十年，怎不令人感叹！当我们走进思南公馆的梅兰芳故居前，姑妈指着隔壁的那一幢说："那就是我小时候住过的，相邻的两幢楼一模一样，只是当年两家的院子是篱笆相隔。我和你爸爸常和梅葆玥、梅葆玖姐弟在一起玩，一起骑小自行车，梅太太常给我们糖吃。"

走进绍兴路惠安坊6号,她更是喃喃地说,和以前一模一样,这个玄关,这个小院,这个壁炉……那里有她太多童年的回忆。

火烧小白栅

在我们家搬进太仓路慈云别墅的那一年,爷爷突然心血来潮想经营饭店了。慈云别墅实际上是一条弄堂,外面有不多的几幢普通住房,走到弄堂的尽头是一幢很大的主建筑,这才是别墅的主体。在上海,这一类隐秘在弄堂深处的别墅其实不少。慈云别墅的历史沿革不太清楚,但当年我们家搬进去时,却有一所"太仓师范学校"占着办学。太仓师范,按理应当办在太仓,为什么挤到上海市区里来？大概也是日军侵略的炮火把他们赶过来的，这种"流亡学校"也是历史的产物，在上海没少见。

既然有学校，必然有大批的师生员工，他们当然是要吃饭的。爷爷正是看准了这个商机决定开"饭店"，解决学校的午餐问题。其实，世上百业各有门道，并非都能"心想事成"。爷爷搞点别的投机买卖或许有点办法，开个小饭馆是一点基础都没有，但是，箭在弦上不得不发。就这样，没有聘请厨师，只添了一些锅碗瓢盆，一个家庭式的小饭馆就在自家客厅里开张了。爷爷依然是个甩手掌柜，里里外外忙碌的是奶奶、凤英妈妈和两位从杭州逃难过来的亲戚。彼此关系非常简单，既不是股东和经理，也不是老板和工人，有钱赚就分几个零花钱，没钱赚就糊一张嘴。无须大投入，没有独立财务核算，和家庭在一口锅里吃饭。经营的是家常便饭，有客来就给客人吃，无客来就自己吃，不存在剩菜剩饭的情况。

那个年代很少有电冰箱,家里十几个人的胃囊是最好的食品柜,吃得新鲜保健康。因为不赚钱,"慈云饭店"没几个月就关闭了。然而,却因为它的存在,促成了一对年轻人的百年良缘,故事就发生在两位招待员小姐身上。

当初饭店开张时,生意并不红火,太仓师范的食客来得并不多,倒是吸引了一批社会上的"散兵游勇"。常来的客人中有一位张姓的青年引起大家的注意。此人相貌端正,恭谦有礼,就是一张油嘴能说会道,而且吃完饭后总是赖着不走,七扯八扯地唠叨个没完。时间一长,彼此也就熟悉了。他是个跑街的,还是个无家无室的王老五。到后来,狐狸尾巴露出来了,原来他在打招待员小姐的主意。两位未婚邵家小姐年龄相差不大,长得也都算标致,但一个是姑姑,一个是侄女,"王老五"的丘比特箭到底射向谁呢?他的第一支箭是射向姑姑,无奈这位姑姑是独身主义者,反应自然是冷若冰霜。殊不知接踵而来的第二支箭射出,小侄女应声落马,所有的人都被他二箭连发的技巧惊呆了。或许,人家使的就是虚发一箭声东击西之计,第一箭会落空的底早摸透了。这样做,长幼有序,按辈分来就没什么阻力了。婚后,小两口在河南路中汇大厦的底楼租房开了一家"图书社",专营出租图书,生活算是有了保障。虽然始终未得一子,却也相濡以沫地过了一辈子。

一个偶然的机会,我在整理爷爷留下的底片时,扫描出了这位当年在"慈云饭店"当过女招待,被第二支丘比特箭射中,嫁给了张跑街的那位"三姐姐"。照片上是那个女人一生中最美丽的形象。

有人说那时的上海滩充盈着灯红酒绿,弥漫着靡靡之音。跑洋行的买办、穿旗袍的太太、在教会学校读英文的小姐、从法国留学回来的少爷,来来往往。汇丰银行、圣约翰大学、百乐门夜总会、仙乐斯舞厅,好不热闹……上海被称作"东方巴黎"。可是,那个时代还有另一种画面。在八仙桥附近与顺昌路正交的一条马路上，有一个名为"喇格纳"的小学，因为是在法租界，所以这一带都是法国人的势力范围。在欧洲，法国被纳粹德国占领。在上海，日本军进驻法租界，接管了这所学校，校名和路名都改为"崇德路"和"崇德路小学"，学校的课程里，原有的法文课保留，又增加了日文课。那个时候的上海，公共租界里耀武扬威的除了英国人，还有红头阿三（印度巡捕），法租界里则有安南（越南）巡捕，在虹口则是日本人的天下，中国人被压在最底层。

1944年，太平洋战场和欧洲战场上盟军都开始了大反攻。过去，只见日本鬼子张牙舞爪，现在则是美国飞机经常光顾上海。上海滩也时常响起空袭警报，这标志着日本军队已丧失了制空权。"西边的太阳快要落山了，鬼子的末日就要来到了！"这一年的春天，美国飞机再一次轰炸了上海，飞机上投下了几颗小型炸弹，误炸了南市的稠密居民区，其中就有一颗落在了我们居住的小白栅弄，

少女时期的姑妈和四姑姑

如今的姑妈和四姑姑

少年时期的父亲和叔叔

右一为小白栅轰炸中幸存的六姑姑

而另一颗落在了距离不远的三牌楼。据说飞机的轰炸目标是高庙的日本军事基地,大概是因日军高射炮阻击,飞机受了伤。飞行员为了自身安全,于是就不顾百姓死活扔了炸弹,造成了大批平民的伤亡。那天早晨,父亲和三叔同往常一样吃了早餐后一起上学,才出门不远,就听到空袭警报声了。按规定,这时候就要交通管制,行人禁止通行。与其被阻在路上,不如回到家中,于是兄弟俩立刻返回家中。"今天可以不去上课了!"刚高兴了没几分钟,突然间轰隆一声闷响,整幢房子像打摆子似的颤抖了一下,立刻尘烟弥漫。知道大事不妙,兄弟俩立刻往桌子底下钻。那张老古董八仙桌还真是派了大用场,即使房子塌了也顶得住。待到尘埃落定,全家人来不及收拾细软就逃离家门。也许谁也没注意,床上还坐着一个小不点,父亲的六妹,她急着叫着:"还有我呢!"(几十年后,那一声叫唤还常被长辈们提起。)至于桌底下的那只大公鸡也是不翼而飞了。

那天出门一看全傻了眼,对门的那幢楼火光冲天,因为离得很近,火光把在场人的脸都灼痛了,我们家的围墙也塌掉了一半。着弹点离我们家只有二十米远,如果飞机尾巴歪一歪,那后果想都不敢想。要是那颗炸弹是重型的,那这个小白栅弄可就全完了!由于警报还未解除,全家人只好去对面一家米店柜台前站着等候。只见救护队员用担架抬着一个个从火场中挖出来的血人从巷子里跑出来。那一幕,在父亲童年记忆中留下了深深的烙印。还好,那次轰炸除了爷爷头上被碎砖砸了一个包外,无人受伤,一个没缺。小白栅弄的老房子经过一炸一震自然成了危房,不经过修整是没法住人的。我们是房客,当然不负此责,更主要的是受到惊吓,不想再回去了。几十年后,爸爸曾经故地重游,当年的小白栅弄早重建了,那老宅也重修了。每当说起"小白栅"这个名词会觉得不吉利,因为我们常常把它念成"小白虱",在上海话里这两者是同音。对于那段生活,父亲一直颇为神往,他说:"虽然它不是上海的黄金地段,但保留着内地小城镇的浓厚的民俗色彩,尤其是城隍庙,有吃有玩,生活十分惬意。"离开了小白栅弄后,全家搬到大西路的晋白坊,但没住多久就又搬离了。

乱世桃源行

苦熬苦盼，中国人民看到了抗战胜利的曙光。这场战争到底以什么方式打上句号，日寇是否会在其灭亡之日借中华国土背水一战，人们是无法预料的。如果上海重启战火，要是找不到避难的地方，那么一家老小十多口人的性命可就堪忧了。

为了全家的安全生计，最后，一个疏散人口"上山下乡"的决策定了下来，目标是去苏州的东山。当年爷爷做银行襄理时,有一个王姓茶房(打杂的工人),老家就在苏州东山,他表示欢迎我们这个家族去避难做客。具体的做法是,由家里的老保姆凤英妈妈和七姨婆带着家里的老大到老五还有姑婆家的四个孩子,共大小十一口人去那里打前站,爷爷、奶奶和姑婆家都各带一个较小的孩子留守上海。经这样一疏散,如再有意外行动起来要便捷些。对于这些从小在上海长大,一直被街市楼宇包围的孩子来说,哪里闻到过泥土和草木的芳香,看到过山川原野的壮美和宽广呢?所以对于这次出门,小孩子们全当一次旅行,而不是逃难,更不知途中的险恶。父亲兴奋地想象着"山"的模样,仔细研究着地图上的每一个细节,得到了一个初始的概念,知道这是一个由陆地伸向太湖的半岛,与太湖中另外两个岛屿遥遥相望。没有枪炮声的胁迫,确实不像逃难,可是,这次远行,后来对父亲的人生道路产生的特殊影响却是始料未及的。

一支十一人的"童子军小分队"整装出发了。这次没有搭火车走旱路,而是走苏州河北岸的某个码头,登上了一条停泊在那里的叫"龙飞快"的大木船。这是一条货运船,从太湖那边乡下运送农产品来上海,回程空载,顺便拖几条"黄鱼"回去(交通线上顺便捎客称为拖黄鱼,车船都是如此)。船舱里简陋得连一条板凳都没有,铺上一层芦苇就把它当席梦思了。坐这样的航船,走这样的航程,以后几十年的漂泊江湖经历,都不如这第一次让父亲对这座"水上行宫"印象深刻。这么大的船,虽然备有木浆,但木浆已如小手枪到了大战场发挥不了作用,船的推动力主要靠的是船尾的那把摇橹。船中央还有桅杆,风帆一扯起,那劲儿就大了。但不知何原因,始终没见到船家扯帆加速。

　　船终于解缆起航了。这么大的船如何从这个密集的船阵中冲出重围?苏州河河道并不宽敞,两岸因停泊过多的船只而把河道堵塞了。这时,只见船老大用一支篙,东点一下西推一下,船就从缝隙中钻了出去,到了中间航道,又得慢慢地像踱方步似地行驶。随着船的摆动,市区就这样逐渐地被抛在了船尾,慢慢呈现在眼前的是两岸的稻田、池塘和星星落落的农舍和成片的村庄。

"晋太原中,武陵人捕鱼为业。缘溪行,忘路之远近。忽逢桃花林……"陶渊明的《桃花源记》是父亲儿时学古文的第一篇,也是他最爱的一篇。此时的他对着湖水诗兴大发,完全把自己比作那个有幸发现桃源的武陵渔翁了。

从上海到太湖东山,水路里程也不过一百多里。苏州河两岸正是江南鱼米之乡,人口比较稠密,集镇也较多,沿河的集镇大大小小的码头不少。有码头便有关卡,有关卡便有形形色色的武装人员在那里盘查来来往往的船只。把持码头要塞的大都是地方上的地痞流氓无赖,他们拉起一支队伍,扯上一面旗帜,搞到一块"封地",便占地为王。如果能搞到富裕市镇和大码头,在那里抽税派捐,便能肥得流油。过路车船都要缴税纳贡,雁过拔毛,当年的江南农村就是"胡传魁""刁德一"他们的天下。

"龙飞快"小心翼翼地在他们的领地通过。天色渐渐暗下来,凤英妈妈像变戏法似的端出一碗碗香喷喷的白米饭,就着酸菜萝卜干,童子军们狼吞虎咽,吃得一粒米都不剩。昏暗的煤油灯照着船舱,不知不觉中,船已驶进了阳澄湖。船到苏州,天已大亮,大船围着姑苏城转了半圈,从东到西,继续向太湖驶去。胥口是苏州河流入太湖的河口,与它对应的是姑苏城的胥门。胥口与胥门原来应是西口和西门,西与胥同音,所以用"胥",这当然和春秋时代的"伍子胥过韶关,一夜急白了头"的故事有关。船一出胥口,眼前一亮,迎面而来的是一片浩瀚水域,微风轻拂,水面泛起层层涟漪,在阳光照耀下,闪闪发光。

　　船终于停靠了码头,弃船登陆后,大队人马在主人带领下,走了一段土路和石板路,很快就到达了目的地。和其他的农户家相比,王家的房屋是比较宽敞的。大队人马一到,很快就腾出房子,打扫一下就住进去了。好在这些未成年的兄弟姐妹,打个通铺就能统统睡下了。这么多人住在王家，当然是借人炉灶，自行开火了。领队的凤英妈妈是个穷山沟出来的，所以应付眼前的生活还是有她的一套的。这些在上海待惯的孩子们对乡间的粗茶淡饭倒也能适应，也许，第一次离开城市，对于乡间的生活还都抱着新鲜感，玩什么远比吃什么重要得多。

江南一带其实也不安宁，各种势力都在角逐。年少的父亲，在东山这块土地上似乎悟出了什么，"共产党""新四军"这样的名词就像种子一样在他心里扎下了根。东山镇每年的正月初二举行"猛将庙会"，农民们抬着"猛将菩萨"化装游行。这是何方神圣？四大名教中都找不到这样的"菩萨"。据说他就是三国时期的张飞。农民们对于这位张飞菩萨寄予什么样的愿望不得而知，但东山地区确有这种习俗。来自四面八方的各乡各村的农民抬着菩萨上街游行，名曰"回外婆家"。

日本鬼子投降了，抗日战争胜利的消息不知道是如何传遍东山岛的，上海派人来接孩子们了。太湖避难的历史突然结束了,天天盼胜利,而胜利真的来临又缺乏心理准备,就像阴雨天突然出太阳,眼睛一下子睁不开了。来程悠悠,归途匆匆,回上海没有"龙飞快",而是搭乘火车回去。因为长途汽车和火车时间上的衔接问题,大家不得不在苏州火车站附近的小客栈投宿一夜。谁料到,这又是一个惊心动魄的一晚。傍晚,街上一阵骚乱,"金阿三"来了(金阿三是那个时候当地的地痞流氓代名词)。一时间,街上行人纷纷躲避。趁火打劫的来了!他们早就盯住了回上海的难民,小客栈自然是他们抢劫的目标。结果,他们转了一圈啥都没捞到。那时才十五岁的姑妈,急中生智把藏在腰间的金银首饰全部扔进了马桶,然后呆呆地坐在上面。是呀,谁会注意这个正便便的女孩,谁能知道这个"金贵的"马桶存放的是正宗的黄货!几十年过后,当年的这个绝妙之计一直成为家族美谈。

黎明的岁月

上海徐家汇及以东的一段路,除了有一所著名的交通大学外,还有几所有名的中学:南洋中学、南洋模范中学、复旦中学和徐汇中学。它们都有着百年以上历史,见证了上海近代的风云变幻,也见证了我父亲为真理而奋斗的那段辉煌历史。所以每一次经过这些学校,我的心里都会泛起一阵小小的波澜。历史离我们那么遥远,又近在咫尺,有悲喜,更多的却是苦涩。

1946年,大时代的热风把我的父亲,一个十四五岁的少年过早地催熟了。人生旅途中有两个重要的转折阶段:从儿童向青年过渡的"青春期"和从中年向老年过渡的"更年期"。在这两个时期内,人的生理和心理都会发生巨大的变化。就青春期而言,这种变化尤为明显,大概是由于荷尔蒙的作用,人的情绪不稳定,好幻想,易激动。生活在和平宽松的环境中,也许这些特征会很快消失,但假如身处恶劣环境中,幻想的梦常常被现实打破,剩下的是性格内向少年老成的精神伤痕。客观地去看待父亲当初的人生选择,不排除内因与外因互相作用的结果吧。

那时,父亲在南洋中学上初中,接触并参加了中共地下党的活动。白色恐怖下,提着脑袋干革命,"初生之牛犊"是可以做到的,这也是为什么在共产党的历史上,十四五岁参加革命的老同志特别多。

那个时候,父亲的社会身份是一名中学生,但另一个秘密身份是中共地下党员。有了革命的思想,就要付诸革命的行动。1948年上级党组织派他和另外四个同学考进复旦中学,并任命父亲担任中共复旦中学支部书记,进一步发展党员,壮大党外积极分子的力量。复旦中学党支部的成员,既要保证白天上课,努力学习,又要夜以继日地工作,赢得同学们的尊敬和信任,进而打开局面。经过宣传,吸收了一批进步同学成立了外围组织"新民主主义青年联合会",又以开办义务教学、办油印刊物、演戏、串联谈心等形式宣传启发大众,这期间还发展了一些徐汇、培真等学校的进步学生。后来父亲把自己的三弟、我的叔叔也发展了进来,当解放军南下时他成了这支队伍中的一员。直到1949年上海解放前夕,复旦中学党支部共发展校内校外党员四十九名。

地下工作有着严明的纪律,上下级都只能保持单线联系,传递消息的渠道、暗号、方法都在极其秘密的状态下进行。有一次,父亲奉命和一位领导接头。为了避人耳目,他带着家里七岁的表弟来到东诸安浜菜场,转了几个圈之后,看看身后没有"尾巴",便嘱咐弟弟走近前面一位穿长衫戴眼镜的人,捡起他脚边"掉下的"一支钢笔。父亲后来就是按照那钢笔套里的字条去执行他的新任务的。

上海解放前夕,我们家几经周折搬到了极司菲尔路75号(今万航渡路446号),那幢普通的石库门正对着马路对面的是76号,抗战时期曾经是汪伪的特务机关。直至抗战胜利后那里仍然很神秘。父亲和他的战友们经常在家里的小阁楼里接头开会,商量对敌斗争中的重大事宜。窗台上摆花盆,放哨,这些在电影里看到的镜头在我们这个家都出现过。有一次党支部正在开会,门口出现可疑的便衣,见情况不妙,父亲立刻带着大家迅速转移。这座石库门的背后就是严家宅平民区,纵横交错的弹硌路让他们瞬间消失得无影无踪。

在那个白色恐怖的岁月里,进行这种危险工作的不仅仅是已经加入地下党的父亲,我们整个家庭都参与了进去。有一天,父亲悄悄带回了一位国民党正在追捕的同志,经奶奶同意,安顿在家中的一间比较隐蔽的房间内,年轻的姑妈负责每日送饭。为安全起见,父亲和全家人都商量好保护这位同志安全转移的种种方案。如果敌人前门进,我们就从后门撤,假如他们从后门入,我们就从前门走。甚至,可以翻越窗户,后面就是四通八达的严家宅弄堂。解放后,这位当年在我家避难的父亲的战友吕甦先后担任过长宁区和静安区区长。有一次,这位叔叔专门来我工作的单位看我,还特意问起我家的"老宅"。

1949年初,解放上海的炮声已经越来越近。有一天,父亲接到通知,等待上级领导的召见。在约定的时间里,父亲按照地址找到了江宁路一条弄堂里的普通楼房。一位青年男子开门把他引了进去,屋里除了他们两个没有其他人。这次见面很特别,一开始就没有使用接头暗号,好像两个人不是第一次见面,显然,对方对于自己的一切都颇为熟悉。面对自己的顶头上司,汇报工作是免不了的,可是这位上司对汇报工作并无太大兴趣,原因是作为上级,他早已了如指掌,也就省去了这个环节。接下来便是这位领导的侃侃而谈。从当前的形势到面临的任务,几个小时很快就过去了。第一次面对面、一对一地听上级领导讲党课,给父亲留下深刻印象。看看眼前这位比自己大不了几岁的领导,完全不是想象中饱经风霜的老布尔什维克,而是一位举止潇洒、谈吐儒雅的"年轻的老革命"。我后来才知道,那人是区学委书记,建国后曾任外交部部长、国务院副总理的钱其琛。为了迎接上海解放,上级领导打算把建立西区人民保安队的中心放在当时地下党力量较强,进步学生运动较活跃的复旦中学。身为党支部书记的我父亲那次被约见也是一种面试和考察。

随着三大战役胜利的步步紧逼,国民党军队节节败退,当时的复旦中学是上海学运的一个发起点,父亲和他

青年时期的父亲

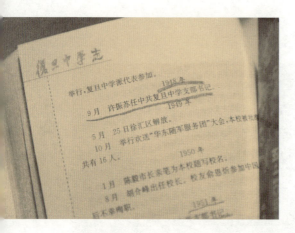

父亲的革命岁月

"文革"时期的父亲

的上海地下党战友们肩负着更重要的历史使命，保存党员实力，发展进步力量，组织人民保安队，护厂护校，要保证大上海完整地回到人民的手中。他们分头行动，有的去做校方有关人员的工作，避免干涉学生进步活动；有的秘密了解敌方军、警、特军事力量，武器装备分布情况。有时，进步学生在驻防部队门口踢球，故意一脚把球踢进军营，趁捡球机会了解碉堡、岗哨等分布情况，然后绘制地图提供给解放军。有的向反动人员发布警告信，做策反工作。那时，党组织秘密会议经常通宵达旦地在我家举行。有一次深夜，隆隆的炮声从远处传来，让会议中的战友们兴奋不已。最后的五个月，大家团结一致，生死与共迎来了上海的解放。一个巨大的红色五角星秘密做成后在上海解放的第一天挂上了复旦的校门。

天亮了，上海地下党光荣地完成了历史使命。作为这支革命队伍中的一员，父亲以他对革命的忠诚，出色地完成了党交给他的任务，在他的人生履历中翻过了辉煌的那一页。上海这座城市完好无损地交到了人民的手中，同时，建设新中国的序幕拉开了。曾经一起同甘共苦浴血奋战的战友们，开始了各自不同的人生旅程。不久父亲被安排在长宁区区委宣传部工作，随后调入中共中央华东局组织部。

在我出生后，父亲作为干部调干生送去北京矿冶学院深造。1957年反右运动时，父亲因莫名其妙的原因被无情地打成"右派"。一名爱国胜过爱家的共产党员，一名愿时刻献出生命的共产主义信仰者，一名为解放上海和敌人英勇斗争的革命者，最终被赶出了革命的队伍。父亲被安排下矿井挖煤，开始了劳动改造的日子。没有多久，父亲和母亲就离婚了。

"文革"再一次把父亲推向痛苦的深渊。他亲手建起的地下党支部被污蔑被清算，这位被开除党籍的曾经的党支部书记，写了无数份证明材料为自己发展的党员证明清白，而他自己差一点死在"造反派"的手下。

父亲的晚年贫病交加，他用尽最后的力气想完成自己的回忆录，可是上苍没有给他这个机会。当我打开他未完成的手稿，字里行间依然是他的理想和信念，和当年坎坷的风风雨雨。人的生命可以经历磨难，可是身体却经不起颠沛流离的损耗，一个给了我生命的人像流星一样陨落了。

情归丝绸路

在我很小的时候，常听长辈们说起，家族历史上有个很厉害的女强人，她是太爷爷的一位亲妹妹。一百多年前的这位旧时代女性，用一生的创业故事，给今天的我们留下美谈。

许家的这位太姑奶奶从小在娘家就练成生意上的一把好手，后来嫁给了当时杭州城里同样经营丝绸生意的王家，从新娘被掀起红盖头的那一刻起，她的命运就注定与家族的丝绸业紧密连在了一起。由此,两家也从业务上的伙伴关系转化成了婚姻关系,这层关系又像纽带一样维系着整个家族乃至家族以外的亲友。

婚后的太姑奶奶很快帮夫家的丝绸业经营得风生水起,成了杭州城里远近闻名的丝绸大户。由于她既懂业务又善管理,王家的生意很快在江浙一带不断扩大。上好的原料和现代织造技术相结合生产出的精品丝绸又打开了上海市场。1840年鸦片战争后,西洋文化侵袭中国本土文化,当时,最能代表国际大都会的上海,得西风东渐之先走在时代变革的前列,这种变迁给海派旗袍的创新带来了机会。在当年的许多月份牌、画报上我们都能看到引领时尚潮流的新女性形象,无论是贵族还是平民,量身定制旗袍成为当时爱美女性的一种时尚。好马配好鞍,好款式的服装除了需要讲究的做工外更需要上等的面料。那年头的上海女人十分青睐江浙一带的丝绸。太姑奶奶看准了这种流行会促使市场上绸布需求量的上升,所以大量地进货,很快,上好的面料在上海供不应求。

上海滩,一直是冒险家的乐园和创业者的天堂,20世纪30年代的中国,现代工业的兴起也促进了民族企业的发展。在上海已经大获成功的太姑奶奶此时并没有让自己歇一歇喘口气,她在追求自己产品质量的同时,又把眼光对准了进口面料,并且在样式和色彩的运用上进行了大胆的尝试。很快,她在南京路这样的黄金地段开出了自己的丝绸店。我健在的姑妈说这个丝绸店当时就叫"老九庄"。商业与文化并举。王家举家迁往上海之后,在襄阳路、复兴路等一些上好的地段购置了房产。这时,太爷爷许康甫也带着家眷迁来上海,住处离王家不远。两个杭州家庭的大迁徙,连锁反应是引来了更多三庆里文人雅士们的到来。

襄阳南路上一处三层楼大洋房再度迎来各路文人墨客,上海滩重现杭州三庆里的热闹。不同的是,当年西湖边穿长衫的朋友们现在个个西式装束,风度翩翩,但挥毫泼墨的情致依旧。王家的大洋房常常是书画艺术家们在上海的聚集之地和下榻之地，西泠印社著名画家申石伽便是其中的一位常客。中国的传统艺术吹进了西洋之风，大上海给了艺术家们更大的生存和发展的空间，他们先后在海派文化园地中崭露头角，书写各自的传奇人生。

也许，世上再圆满的事也难免缺只角。这位太姑奶奶在世时，虽说是王家的功臣，给这个家庭创下不小的家业，但是她膝下无子，自然对自己的前景充满了担忧。早在杭州时，她已把自己的侄儿，也就是我的爷爷认作儿子，指望日后可以继承家业，老有所依。我的爷爷是许氏家族中唯一的男孩，现在两房合一子，又住得这么近，这位大少爷自然从小就被宠着爱着，过着典型的富二代生活，他的童年和少年也几乎都是在王家度过。

真像小说里写的、电影里演的那样，王家这样的富豪怎能后继无人？王家老爷后来娶了二房，生了一堆儿女。为了人丁兴旺，大房亲自为老爷张罗了第三房，把她当亲妹妹一样养着,指望添个贴心的一男半女。可是事与愿违,观音娘娘没有显灵,三房一生未育。精明能干的太姑奶奶和王家老爷寿命都不长,在他们相继离世后,王家和许家依旧保持着多年的密切往来。

太姑奶奶的传奇故事在老一辈中口口相传,但是在我心里总有一事没法找到答案,也似乎难以考证。从小在爷爷、奶奶身边长大的我,听得最多的是"那过去的事情",一个在上海滩和丝绸业有关的"老九庄"。爷爷说,上海南京路上的朵云轩前生是"老九庄绸布店",它就是太姑奶奶创办的。为了日后继承家业,太姑奶奶特意安排爷爷从学徒工量布学起,但爷爷没有兴趣也吃不了苦,所以没多久就不干了。这家丝绸庄后来发展成笔墨庄,所以,家里的许多字画都在那里装裱。奶奶四十大寿时,我父亲写了一百个不同的"寿"字献给母亲,因为是自家产业,这幅百寿字是用整块丝绸面料装裱,而非一般的拼接装裱。爷爷讲这段往事时还特意拿出不同的立轴比较说明，其原因是我那时正在学习书法和装裱，所以印象特别深刻。后来我的石伽爷爷和目前尚健在的姑妈都和我讲起过"老九庄"往事。那么，海派历史上赫赫有名的严氏家族的"老九庄"，究竟和我们家长辈口中的"老九庄"有什么关系呢？在我心里一直是个解不开的谜团。但太姑奶奶在我心里是鲜活的，我想，假如她活在今天这个时代，那一定也是个了不得的时代弄潮儿。

古柏话往事

  我的爷爷有两个亲妹妹,从家族血缘关系来说,还算是较近的亲戚。可惜他的小妹妹死得早,两家来往得少,而对于自己的大妹妹,则两家走动较多,亲密关系一直延续至今。

  爸爸的亲姑妈,是我的太姑妈。这种亲戚关系到了我们家,又出现了别人家听不懂的称呼"妈咪爹爹"。或许,是他们家对母亲称呼"妈咪",我们家族习惯加上男性后缀，便形成了我这一代的特殊叫法。

妈咪爹爹本人和她居住了几十年的古柏公寓66号是融为一体的，这是我小时候固有的印象，即使后来她们一家搬离了，这种印象还是不曾改变。因为，人在童年时的记忆往往会影响他的一生，更何况这种情愫隐藏在我和父亲两代人的身上。那个家留在我幼小心灵里的氛围和气息很特别，满屋子古色古香的红木家具，橱柜一打开，樟木箱味樟脑丸味一股脑地弥漫在屋子里。我特别喜欢看茶具餐具上那些精致的图案和文雅的色彩。还有，每年端午来临，妈咪爹爹亲手包的咸肉豆瓣粽，现在想想还是那么诱人，因为长大后就再也没有吃到这么好吃的粽子了。人有时味觉的记忆也能唤起一种情感。

位于上海富民路197弄的古柏小区，原名"古拔公寓"，这源于它曾经的路名"古拔路"。1931年，上海滩上知名的四行储蓄会，在此购地十亩，建造了一大片银行职员公寓。妈咪爹爹嫁了个四明银行徐姓的高级职员,夫君儒雅俊朗,有才有貌,又有着显赫的家庭背景。他的舅舅就是民国历史上声名显赫的吴鼎昌。吴鼎昌具有多种身份:金融界的首脑、《大公报》社长、国民党政府的高官、总统府的秘书长等等。当年蒋介石邀请毛泽东来重庆谈判的三份电报均为他起草。古柏公寓里最大的一幢寓所就是吴鼎昌居住的。

　　妈咪爹爹的出嫁隆重而奢华,婚礼办在当时最高档的国际饭店,六岁的姑妈和四岁的爸爸都做了她的小傧相。婚后入住古柏公寓,生活幸福美满,一连生了三个女儿。爷爷和这位正直豪爽的妹夫特别合得来,嫂子和小姑又情同姐妹,两家的孩子们更是喜欢玩在一起。原以为,一个女人嫁了个好人家,衣食无忧,一世不愁。可惜,天有不测风云,在第四个孩子还未出世时,才三十多岁的郎君便因肺结核病撒手人寰,丢下了孤儿寡母。从此,一个年轻的寡妇带着四个年幼的女儿过日子。幸亏妈咪爹

爷爷的两位亲妹妹

年轻时的太姑妈（右）

太姑妈的订婚照

太姑妈的结婚照

太姑妈的婚礼,爸爸和姑妈做小傧相

太姑妈夫妇

奶奶怀抱七叔于古柏礼堂

现在看古柏礼堂台阶显得那么短

爹是个精明能干的女人，几十年来，照样把生活打理得井井有条，把四个女儿拉扯大，培养她们成才，又相继成了家。

老姑妈膝下无儿，又喜欢爸爸这个大侄儿，所以小时候经常把他带出去玩，有时就住在她们家。老姑妈有时还对大侄子开玩笑说："四个表妹，你喜欢哪个，我许配给你。"两小无猜的小朋友做小夫妻，逗乐的当然是嘻嘻哈哈的大人们。童年的父亲在"古柏小学"念过书，在"公寓礼堂"玩过捉迷藏。有意思的是，这个公寓礼堂阶梯的两边有两块斜斜的又高又宽的石板，它几乎对所有的小孩子都有吸引力。爸爸小时候把它当滑滑梯，我小时候也在上面无数次滑过，只是现在走近它，景物虽未变，但感觉全部的比例尺寸统统缩小了，那种走近它，又爱又怕的感觉全然消失了，因为，人是会长大的。我们喜欢的那个"滑梯"上面，是一所建于1931年的福民会馆，它是我国最早留学美国，学习建筑工程学的著名建筑师庄俊的作品。会馆有一个舞厅,用于表演以及小区居民操办红白喜事。经常到了周末,居民中的许多京剧票友聚在一起,表演的和看表演的热闹到深夜。20世纪50年代,这里被改建为古柏小学礼堂,之后,这里又被改造为服装厂以及服装展销厅。如今的福民会馆,已经修旧如旧,成为南西街道的一个文化展厅。面对今天的古柏公寓小区,心里总有许多的遗憾。和小时候见过的绿树成荫、鸟语花香的"古柏公寓"相比,眼前的它已今非昔比了。妈咪爹爹和我父亲都已不在人世,可留在我们心里的往事却无法抹去。

父亲的一生有过两次把古柏公寓作为临时避难所。第一次是在解放前的白色恐怖中,国民党展开全面大搜捕,地下党组织事先获得情报,通知父亲紧急转移以防不测,姑妈家便是他的首选,直到危险解除,他才安全回到家中。第二次是在"文革"中,"造反派"到处张贴印有父亲相片的通缉令,要捉拿这个"老右派"。他们追到安徽矿山，他在矿工们的掩护下安全撤离；他们追到南京，他已到了上海。到了上海还是没有甩掉尾巴，当"造反派"追到我们家时，父亲已出发直奔古柏公寓。当晚，爷爷被抓到派出所，逼他交出儿子。考虑到两家的关系是很公开的，假如他们继续追捕，首当其冲的一定是姑妈家，于是，父亲住了一晚就迅速离开，继续他的"大逃亡"。

云中的菩萨

这是一位和我家毫无血缘关系的老人,但是,要谈家族历史,她又是一位不可或缺的人物,在我心里,她更是一位从云端里走下来的女菩萨。

三姑太何许人也?故事还得从我爷爷幼年时期说起。爷爷的亲姑妈嫁给了杭州城里的王家,由于她精明能干,婚后协助丈夫把家族的丝绸生意做得风生水起,不久,又转战上海,创办了自己品牌的丝绸庄。可惜,这位太姑奶奶膝下无子,于是,把自家的侄子认作儿子,指望日后有人继承家业,所以,爷爷的童年和少年时代几乎就在这个家里度过。后来王家老板又娶了两房姨太太,三太太婚后也未能生育,就把大老婆的干儿子当自家儿子养着,也因此一直被爷爷称呼为"三姑妈"。

  人的感情就是这么奇怪,长期的生活接触,让爷爷和这位没有血缘的二姑妈的感情胜过自己的亲姑妈,甚至胜过自己的母亲。因为这一层不是亲人胜似亲人的关系,到了我父亲这一辈,她是三姑奶奶,而到了我这一辈,她就是三姑太太了。不知从哪一代开始,我们这个家族对于长辈的称呼有点特别。父亲这一代人称母亲为"娘娘",喊姑妈为"爷叔",这是否因为爷爷是独子,没有叔叔、伯伯?而姨妈则被称呼为"阿伯",他们叫祖母为"爹爹",按此类推,姑奶奶便应称为"姑爹爹"。小时候,常听父亲叫"三爹爹",把一个"姑"字也去掉了,她,便是我文中写的"三姑太"了。

听家中的老人们说,当年这位三姑太嫁到王家时才十几岁。一般来说,三姨太在一个家庭里的地位是靠着两个因素支撑的:其一是年轻美貌,得以宠幸;其二是肚子争气,以继香火。前者是暂时起作用,而后者是长久起作用的因素。以第一条而论,三姑太绝对能获得高分,因为,以她老年的容貌可以推断,年轻时的她一定是个闭月羞花的美人儿。以第二条而论,三姑太没有留下一儿半女,这就决定了她后半生将是无依无靠的。从许多的文学作品里,我们常常会看到这样的描写,姨太太一进门,就此家无宁日,而罪责总是落在这只"狐狸精"身上。通常,人们也会认为,父亲的小老婆必然是母亲的情敌,当然也是全家的公敌。可是,三姑太却没有遵循这条惯例,她在王家把上下左右的关系处理得非常好,深得大家的尊敬。王家没有闹得鸡犬不宁,而是相当安定宁静。为什么在这个家庭会出现这种出乎情理的反常现象?这当然和三姑太的为人处事有直接的关系。

无论是王家还是我们许家,与三姑太接触过的人都有一种共同的感觉,那就是在她身上有种说不清的魅力,使你愿意亲近她,到底是什么原因,似乎有点神秘。

三姑太身上的这种"魅力"显然是其精神和道德的综合效应。我没有读过《女儿经》,不清楚封建社会对于女德的全部内涵,但我深信三姑太一定属于那种修养极高的贤德女子。

随着时光的推移,王家逐渐走向衰败,又随着老爷和大太太的相继去世而彻底解体。三姑太带着分得的一份家产离开了王家。她在我们家住了一段时间后,到老西门外吉安路租用了一间二楼临马路的阁楼,在那里一直住到离开这个人世。

三姑太一生吃素念佛,是一位虔诚的佛门信徒,《金刚经》《心经》陪伴了她一生。离她家百米远就有一座法藏寺,她常去那里听经和参加一些佛事活动。父亲小时候常被带去那里玩,形态各异的菩萨像,做法事时的念经声都是让他觉得好看、好听的童年记忆。到我被带去三姑太家时,记忆最深的是她没有一丝皱纹的白净的脸、清瘦修长的身影、温和慈祥的神态和得体的黑色衣衫。这种童年时期对一个人清晰的记忆竟然是那么深刻。有法藏寺那样的精神家园,有那么多的"师兄弟、师姐妹",她的晚年应该是不寂寞的。但到了"文革"时期,扫"四旧"的动乱带来了红卫兵的骚扰,让这位慈悲为怀从未经历风浪的三姑太吓得魂飞魄散。而最后让她躲过抄家这一劫的居然是红卫兵找不到上楼的梯子,那又陡又窄的"百步云梯"完全隐没在无一丝光线的黑暗里。房东舍不得在拐角处装个灯泡,于是上下楼梯全靠用手摸用脚踩,三姑太这样一位小脚老太在这里一住就是三十年,"文革"中逃过这一劫也算是不幸中的大幸了。

虽说,当年离开王家时带了一些家产可以维持生计,但经济上的只出不进也会带来财务危机的。按常理,三姑太也要捂紧钱袋子才对,可是,她除了自身生活十分简朴之外,仍然保持过去那种乐善好施的习惯。在接受她的帮助的人中,父亲的七姨妈是最典型的一位。两个毫无瓜葛的女人只是由于许家的关系而相识。抗战后,独身主义者的七姨妈失业在家没有了经济来源,在这个非常时期,三姑太自愿负担起了她的全部生活。中国人讲究"滴水之恩,当涌泉相报",七姨妈决心承担起三姑太的晚年生活。后来,她们两个一直以母女相称。钱财本是身外之物,生不带来,死不带去。在这个千变万化的社会中,太多的人对未来生活有过多的忧虑,把钱财看得重于一切。三姑太在这个问题上豁达大度,摆脱了世俗陈见,这也是她深明禅理精修佛性的一种表现。人性中隐藏着一种人类最柔软最有力量的情愫——善良,而这种善良又能把一个女人变得如此美丽,如盛开的莲花——慈悲、内敛、宽厚、隐忍、清丽、深远。我心中的女菩萨,在佛影青灯中,安详地走完她别样的人生岁月。

阿土的故事

在邵氏家族中,有一位人生经历特别复杂的长辈,他就是奶奶的同胞兄弟,爸爸的舅舅,我的舅公阿土。一提起这个邵家门里最小的弟弟,奶奶常常是眼泪鼻涕一大把,因为父母走得早,小儿子失去教养,交友不慎,从小就染上恶习,吃喝嫖赌样样尝试过。姑娘们大了要出嫁,另立门户,剩下这根朽木,怎能撑得起邵家这个大门庭?

随着姐姐们举家迁来上海,这个邵家小弟弟也跟着来混市面。上海滩这个大码头比起杭州这个小省城要有混头多了。虽然没有大树可靠,在混不下去时到几位姐姐家中打打秋风,拿点小铜钱还是有可能的。奶奶碍于手足之情,心慈耳软,在规劝无效之后就想塞几个铜板打发他走,这就引起我们家不小的烦恼和不安。爸爸小的时候就常常遇到这种场面——每当"赌神"光临,爷爷就使个眼色,爸爸就睁大眼睛严密监视(既监视小混混,也监视我可怜的奶奶),生怕他们一个做三只手,一个在塞狗洞。到我小时候,小混混变成了老混混,他常常趁爷爷不在家时来我们家讨钱要物。有一次不小心让刚好回家的爷爷撞上了。老爷子大发雷霆,老混混夺门而出,吓得我躲在门后惊恐万分,不知所措。但从那以后,我就再也没见到这个舅公了。

这位舅公的小名原本叫"阿兔",其实是因为生肖属兔才取了这个小名。想想太外公也真是糊涂了,怎么不想到"兔子"在老百姓眼里是一句骂人话,所以,家里人更愿意叫他"阿土"而非"阿兔"。有趣的是,这位阿土,抗战时期曾经因参加抗日地下组织,对汉奸进行暗杀而遭到逮捕,还被抓进76号坐了老虎凳。"混混"用斧头砍了李士群手下的特务而摇身一变成了"抗日志士"。经了解,上海历史上也确是有过"斧头党"的记载,不管怎样他的行动也算是"进步之举"了,此后进了我家也少遭了白眼。我奶奶为此又是眼泪鼻涕一大把,一则,为这个没出息的弟弟做了点正经事而喜;二则,毕竟是同胞手足,十指连心,见他受了酷刑而伤心。无论这个传说准确与否,我想,人性中向善的一面总是值得我们称赞的。不过,听说这段光荣的革命历史没过多久又被他另一段经历给抹掉了。原来,他曾参加过江南的"忠义救国军",和新四军打了几次仗。这一下还了得!到了"文革"时自然就没有好果子吃了,他被押送到莫干山劳动改造。在中国特殊的年代里,一个有"历史问题"的人,大都在劫难逃吧。这位阿土舅公还真是幸运。有一天,他偶然在报纸的新闻报道里发现了一个非常熟悉的名字,这个人正是当年阿土受命参与暗杀敌伪特务行动的上司,而他真实的身份是中共地下党员,现在是一位政府的官员。有了"上司"的亲笔证明,阿土获得了自由,在平静中度过了自己的晚年。

  他一辈子没有娶妻,但始终有一个女人陪伴着他,这位章姓女子是阿土年轻时在苏州的一个妓院里偶遇的。阿土同情姑娘的遭遇,瞒着家人东拼西借凑到了一笔钱把她赎了出来。女人感恩从此陪伴左右照料他的生活起居,同甘共苦跨过了后半生的每一道沟沟坎坎,直到他生命的终点。虽说从未见过这位女子,但这段真实的人生经历还是让我这个晚辈肃然起敬。该女子重情,阿土重义,相濡以沫的这份情感多多少少在阿土舅公身上抹上了一层暖色,让这个生命的句号画得不至于太过冰冷。

邵家女汉子

由于从小在爷爷、奶奶身边长大,我对邵氏家族来往的长辈还略有所知。从我奶奶嫁到上海后,邵家的姐妹们也陆陆续续迁往上海,那时候的我们家就是最好的接待大本营。奶奶的七个姐妹除了早年去了台湾的老三,其余的我小时候都见过,印象最深的是老大,她是邵氏姐妹中的一朵奇葩,我们都管她叫"寄爹婆婆"。这种奇怪的称呼大概只有我们家人能懂,缘由是姑妈小时候曾寄养在她那里,而我们家族从来都是对女辈以男性相称,寄娘便成了寄爹。到我这第三代的,称呼上加个婆婆后缀是很自然的。印象中,寄爹婆婆是个乐天派、开心果,白白胖胖的,一头很时髦的短发,额前有个大波浪,喜欢每天咪几口小老酒,喜欢嘻嘻哈哈地大声聊天,有时和我们小孩子也能玩在一起。

作为一个家族中的长女,在宝康巷这个非同一般的娘家里,她掌管着家中一切,上到家族生意打理、父母的起居健康,下到弟妹生活、全家的一日三餐。一个受过良好教育的女子,除了才干和知识,还有不同于一般人的理想。少女时代的这位邵家大小姐较早地显露出她的艺术才华,凭着她一手好画往来于西泠画派的名画家之间,这为她日后的发展埋下了伏笔。随着邵氏家族后继无人接传医学家业,以及妹妹们一个个远嫁上海,这位大小姐最后也做出了选择,来上海追寻她想要的生活。

青年时期的寄爹婆婆

上海滩是个藏龙卧虎之地,也是让这样一位能画会写的女子展示才华的地方。她是一位较早跻身高级职员的新女性,因为画艺出众,上海著名的云裳公司邀请她担任服装设计师。绘画的底蕴加上丰富的想象力,她设计的服装款式时尚前卫,又不失典雅庄重,所以,深得高档客户和各阶层人士的喜欢。从家里老照片里,我发现姑妈小时候穿的童装现在看都很洋气可爱,其设计便出自寄爹婆婆之手。那个时期的上海,也成为中国绘画艺术发展的中心。她和申石伽、叶浅予、张光宇、张正宇等一批当时中国知名的画家经常在一起举办画展,相聚艺术沙龙互相交流。在充满自由开放的艺术氛围中,彼此对不同流派和画风,各抒己见,取长补短。抗战期间,她和上海许多画家义卖捐款支援抗战。后来,在上海新加坡小学任教期间又接触了进步思想,成为一名中共地下党外围的积极分子,为上海的解放做出了很多贡献。

在那个时代,一位职业女性很容易在择偶问题上误了青春,寄爹婆婆一直单身到了四十多岁才嫁了一位老中医做了填房。按说她这样一个中医世家的女儿嫁给一位知名老中医徐筱甫应该是门当户对,只可惜在她生下儿子后不久老中医便过世了。因和丈夫的前妻子女合不来,最后搬离夫家重新自谋生路,后来就在虹口区的一所小学任教,一直过着以校为家的日子。记得退休以后她常来我们家,经常是人未到,笑声先传进门,和隔壁邻居们开始互相问长问短。奶奶必然是开始差我去买酒,我还特别喜欢这个跑腿的活,因为奶奶心情好了,买酒找的零钱就会归我了。另外,酒后的寄爹婆婆特别能讲故事,这大概也是我特别喜欢她来的理由吧,或许一位慈祥的女教师有吸引力让孩子们喜欢她。晚年的她最后是守着儿子度过的。有时,打开旧时的照片,她的美丽的笑容依然能打动我,让我依然感受到她那独特的爽朗的笑声。

忆石伽爷爷

在中国画坛上有着"竹王"美誉的申石伽先生和我的爷爷是世交又是亲家,父亲和姑妈年轻时都师从石伽先生学画。当爷爷把我送去申府学画时,我自然就是石伽先生的一名徒孙了,而这段渊源要追溯到20世纪的40年代。

抗战胜利后的上海,有一天我们家来了一位贵宾,他就是爷爷的好朋友,同为杭州人的申石伽先生。众所周知,西泠、仁和都是杭州的古地名,上海的霞飞路(今淮海路)上有一条弄堂叫仁和里,其历史沿革和杭州有些瓜葛。而杭州的文人雅士则总爱在落款时冠以西泠,以示古朴风雅。赫赫有名的"西泠印社"就坐落在杭州的西子湖畔。那时候,从杭州来上海先在我们家落脚的人络绎不绝,无论是亲戚还是朋友,爷爷、奶奶一概热情接待,文人墨客更是座上宾了。

石伽先生比爷爷年长几岁,所以我父亲从小称其申家伯伯。石伽擅长山水,尤以"十万图"为世人所称道。抗战胜利后出山来沪,拟在上海建立画室。能把这样一位贵客请进门,真乃蓬荜生辉。于是,爷爷把家中西厢房腾出来,粉刷整修一新,布置出一个画室,而其后面的阁楼则作为客人下榻的卧室。

爷爷虽然自己不通翰墨,但是很敬重那些"圈里的"朋友,虽然资财不丰,却也舍得花钱,用于收藏和鉴赏书画金石等文物。能请来石伽先生来我家暂住自然是件大好事，这也便于爷爷让自己的孩子们拜师学艺，主攻书法和绘画。教学开始，先生分配的方向是三叔画松、爸爸画竹、姑妈画梅（以配成松竹梅岁寒三友），而书法方面则是三叔学颜体、爸爸学行楷、姑妈学魏碑。一时间，家中书香四溢，学风浓郁。石伽先生将画室（包括卧室）题名为"忘忧居"，并以篆书写了贴在门楣上，这就是我们家曾经的忘忧居时代。

在这个时期，我的爷爷做了两件大事。其一，是在石伽先生的参谋下，向寓居上海的书画家们求墨宝，以统一的尺寸标成册页，一百多幅，山水、花卉、虫鸟，篆、隶、正、草都有，洋洋大观，其中不乏名家之作。其二，是不知从哪里弄来一车书，好几百本，装了满满一书柜。这些书都是商务印书馆出版的"万有文库"丛书里的，轻磅道林纸的精印本。不知万有文库究竟出了多少书，这里肯定只是其中一部分。既然称作万有文库，就是百科全书似的古今中外各门学科的精粹都汇集了。爷爷究竟花了多少银子收藏这套书我无从了解，但也有可能只是花了一些小钱。因为抗战胜利之际，社会一片混乱，日本人被徒手遣返回国，汪伪官员也都惶惶然不知前途何方。他们所抢之文物大都带不走留不住，有时就来个慷慨赠送，免费哄抢，当然也要有识货的朋友才行。这样一来，我们家收藏的除了太爷爷时代的一箱祖传的《历代碑帖大全》，一箱子字画外，又增加了一箱子书画册页和一橱子"万有文库"，"忘忧居"里的家当也真是不少了。

真是有心栽花花不开，无心插柳柳成荫。"忘忧居"时代最终并未培养出一位许氏艺术家，却因为两家的长子长女的相恋成就的一段姻缘，使申许两个家庭结为秦晋之好。后来，也正是这种缘分的存在，让我这个许氏的后代有幸获得一位生命中不可多得的启蒙老师，我和他的孙辈们一样称呼他"爷爷"。等我长大了，也慢慢地知道了石伽爷爷的传奇人生。

石伽爷爷是著名国画家，其祖父是晚清著名山水画家申宜轩。他从小受家庭浓厚的文化艺术熏陶,喜爱中国古典文学和书画篆刻,三岁起诵读"四书",十一岁即习书画篆刻,十四岁起作诗填词,十六岁考入两淮盐务中学,师从精通中西绘画并擅长书法的胡也纳先生,同学中有叶浅予、陈从周诸友。次年加入中国美术会,与叶浅予组织了第一届杭州画展,吸引了一批画界同好,刘海粟、潘天寿等都有作品参加。石伽爷爷中学毕业后担任美术和图文教师,同时,拜曾为慈禧太后作画的王潜楼先生为师,学习绘画。不久又发起组织"西泠书画社",集纳社友一百多名,盛名一时远播大江南北。从此,石伽的画作上署名"西泠石伽"。

1926年,郎静山和叶浅予为其出版《申石伽山水扇册》。1940年《石伽十万图山水画册》问世,这是十幅均以"万"字命名的精致山水画作,即:万柳藏春、万壑争流、万峰行旅、万里风涛、万点青莲、万树秋声、万松云起、万芦飞雁、万竿烟雨、万山堆雪。这"十万图"寓意深厚,笔笔传神,石伽之名,誉满沪杭,求画者盈门。后来郑逸梅先生在香港《文汇报》上著文,称赞"申石伽以'十万图'成名寿世"。

抗战时期,沪上爱国人士筹募前线将士慰劳金,石伽爷爷慨然用画应征捐献。适逢郭沫若在沪,见到石伽青绿山水画,亲为题词,并以"别妇抛雏断藕丝,登舟三日见旌旗"七律一首书轴,托黄定慧转赠申石伽。黄定慧是中国最早的女革命家,曾师从申石伽。早年在上海从事中共地下党工作时,曾保护过周恩来等中共地下党人,周总理亦赏识黄定慧才智。"文革"中黄定慧被囚禁多年,释放后黄定慧再次与石伽相会,石伽画雪松相赠庆贺两人劫后余生。多年后,我有幸去杭州拜访黄定慧老人,只见墙上悬挂着几幅石伽爷爷的画作颇感亲切,黄老深情忆石伽,当我为她拍照时,她还幽默地拿出鹅毛扇做道具,风趣地说:"周总理说我是女诸葛。"

石伽爷爷最擅长山水,而且创作数量颇丰,然而在人们心目中，他的墨竹更具盛名。石伽画竹，师法前人又造化自然。他的竹，往往衬以山石、烟云、水流和星月，情景交融，遥相呼应，极富变化。早年在中国绘画史上，有白石之虾和石伽之竹并雄画坛的美誉，在现今画坛上更有"竹王"和"石伽竹派"之称。

  作为一位蜚声中外的丹青高手，石伽爷爷更钟爱教育事业，他自称自己的成就是教育第一，绘画第二。早年其执教于老师王仁治创办的国画学馆，后又开设"小留青馆"书画社，培养了众多的国画人才。1947年，他在上海宁波同乡会成功地举办了他与儿子、学生的四人画展，赢得社会各界的好评。新中国成立后，他受聘于上海工艺美术学校，呕心沥血从事国画教育工作，桃李满天下。石伽先生素以画品人品称道。当年八路军驻上海办事处有一位工作人员（系石伽的学生），向周恩来介绍申石伽，引起周恩来的注意。大约在1953年，周总理来沪，顺道去看望申石伽，不巧他正好去了杭州。在得知杭州地址后

1948年,石伽爷爷和弟子们在宁波同乡会办画展

1981年,石伽爷爷和友人合影
前排:申石伽(右一)、张乐平(右二)、叶浅予(右三)、达伟(右四)
后排:张楚良(右二)、叶冈(右三)、刘旦宅(右四)、魏绍昌(右五)

晚年的石伽爷爷

石伽爷爷夫妇

石伽好友、女革命家黄定慧

我和石伽爷爷

周总理立即给他汇去一百元,以示慰问。"文革"期间,法国总理蓬皮杜访华,周总理在锦江饭店接见,特意关照请申石伽画了一幅《旭日东升》送给蓬皮杜。此事,石伽爷爷从未向外界透露过。

1987年,他将自己四十幅作品义卖,将所得款项全部捐赠上海工艺美术学校设立"石伽奖学金",用以嘉奖优秀学生。在七十余载的丹青生涯中,他因材施教,启迪学生走自己的路,把教书育人作为自己神圣的职责。

在家里,他是一位慈祥的爷爷,我们是无话不谈的忘年交。从书法到绘画,从古文到诗词,石伽爷爷亲手为童年时候的我开启了一扇艺术之门。他对我说:"不管你长大后做什么,中国传统文化的学习一样不能少,它是一笔财富,让你受用一辈子。"就这样,每周一次,我抱着一卷卷临摹的毛笔字走进愚园路中实新村一间十二平方米的亭子间。从房门到画桌一共走六步,石伽爷爷风趣地把这间屋子起名为"六步楼"。

"文革"开始后,石伽爷爷一夜之间被打成"牛鬼蛇神",一生致力于国画教学的他开始门庭冷落了。有革命群众的监督,大部分学生都不敢上门了,而我因为是亲戚又是一个小孩,所以前去按门铃不太引人注意。为了不惊动邻居,奶奶总是悄悄地把钥匙从三楼窗口用一根绳子吊下来,而我又只能蹑手蹑脚地走上那个狭窄的楼梯。虽然身心备受摧残,石伽爷爷手中的那支笔却不曾停下。"六步楼"的墨香里,我们一老一少聊得最多的还是画。舞台上的芭蕾、戏剧里的水袖、风卷的残云、雨雪的情愫都能触动石伽爷爷对大自然中竹子的想象。北窗下的他,宣纸一铺,笔锋一转,无论是飘逸玉立的风竹、葱翠欲滴的雨竹,还是寒中带暖的雪竹、清劲挺拔的晴竹,都在他的笔端活现出来。我为这种唯美的情怀所感动,更为他那种不亢不卑的精神所折服。

随着时光的流逝,我在石伽爷爷慈爱的目光里长大成人。读完大学赴日本留学,结婚生子工作变迁,在那些人生转折点上遇到种种难题我总是习惯向他求教解惑，因为长期以来，他不仅教画，还教我怎么做人如何处世。我们一老一少没有年龄的界限也没有空间的距离，有的是聊不完的话题。后来，摄影成了我的职业，他又常常从绘画的角度和我谈摄影，谈两种艺术之间内在的关系。有一次他看了我为别人拍的花展上的人物照，皱着眉头问："这是你拍的?"我意识到，那天草草了事的拍摄没有逃过他的眼睛，顿时心生愧疚。要做一个合格的摄影师就要对每一下快门负责，对拿出的每一张照片负责。石伽爷爷一直以他的人品、诗品、画品影响着身边每一个人。很难忘有一年春节，我抱着儿子和姑妈一家在他那斗室里吃的那顿四代同堂的年夜饭，第二天大年初一，我因为第一个上门拜年而荣获一幅飘着墨香的朱竹。

石伽爷爷十多年足不出户，却知晓天下大事。当现代人房子越住越大，烦恼却越来越多时，他说："屋宽不如人的心宽啊。"小小的两间房装满了他的世界。当家人为他失窃一枚齐白石的印章急得团团转时,他却笑笑说:"身外之物,身外之物。"其实,他心里很清楚是谁拿了这枚印章,可是,他到死都守住了这个秘密。他托人重刻了一枚相同的印章,居然还风趣地说,我手里的才是真的。当大家为一批画作赴台展出有去无回而愤愤然时,他依然摆摆手说:"身外之物,身外之物。"我常常感到疑惑,石伽爷爷瘦弱的身躯里,为何有如此强大的内心定力,可以如此地不怨天,不尤人,不为外物所动?难道,这就是他的养生养艺、物我两忘的境界?我想起了石伽爷爷写的一首诗:"已穷笔墨趣,更臻山川美,何必换黄金,争得人憔悴。"

　　石伽爷爷的晚年过得简朴而又宁静,没有奢华的累赘,没有人情的烦恼,为人处事、治学养生都深含禅意。也许很少有人知道,其实在他内心深处隐藏着一块无法治愈的伤痛。他与学生项养和女士呕心沥血合作编写的《历代书画诗词韵语选》,毁于"文革"之中。这套著作共十六册,分为六十部分,约一百四十万字的小楷手抄本,编写了中国上下千年的历代名人书画作品所赋诗词。石伽爷爷曾经把这套书的出版列入自己人生最重要的计划中。假如放在今天出版,其学术价值和历史意义难以估量。

在生命的最后几天里,病榻上的石伽爷爷不让我陪夜,却风趣地安慰我说:"没事的,等我好了,还要你给我照相呢。"那一晚,他一直咳着,喘着,却不停地要和我说话,讲得最多的是我的将来:"搞了一辈子摄影,五十岁以后再回到画里来,有了摄影的经历和体会,你的画会很出彩的,你要教学生、办展览、写书、出画册。""每年的生日你都要想想,给自己以后的五年、十年安排好内容。"这些话是他留给我的临终遗言,也是我们老少俩在这个人世间的最后话别。石伽爷爷以九十六岁的高龄仙逝,几天后,与他相濡以沫一生的奶奶也随他而去了。

墨饱心宽自在身,

了无思虑复天真。

一支大竹通霄汉,

塑个顶天立地人。

这是石伽爷爷写的一首自由诗,也是他一生的真实写照。由他编写的《山水画基础》一书又再版了。而《墨竹析览》《西泠石伽题画诗词》等书,至今依然是我的书法、绘画的最好的教材。那书中的每一幅画、每一行字,都让我感觉到石伽爷爷的存在,甚至音容笑貌都清晰依旧。

石库门风情

小时候,常听家里的老人们说,我们这个家族在上海生活了多久很难算出时间了,因为轮到我已经是第四代了。虹口区、南市区、长宁区、复兴路、绍兴路、思南路,上海的许多地方都有过这个家待过的痕迹,直到上海解放前夕,这个家搬到了梵皇渡路(今万航渡路)446号才最终稳定下来。

和上海滩其他的石库门建筑相似,我们这个楼也有天井、客厅、厢房,也有阳台、壁炉、落地窗,也有两扇大黑门,大黑门上有两个大铜环。只是,从我记事起,从大人们的那些描述里才知道,这栋石库门里曾经住过我们家大大小小十多口人。乐施好善的爷爷、奶奶曾经在此接纳过不少亲戚朋友,家境好的时候,给奶奶祝寿还专门请了戏班子在天井里搭台唱戏,每个房间里的家具都是那个年代最好的。然而随着家境的败落,许多房间最后一间间地出让,以至于原先奶奶的卧室、爷爷的书房,都变成了现在的朱家姆妈、邹家伯伯们的住处。最后,我们这个"大户人家"撤退到楼梯脚下以前车夫和佣人们住的屋子里。我常常从老保姆的声声叹息里感觉到老家的今非昔比,只是家里的那本老相册里还能依稀找回这个家往日的风景。

历史故事可以从传说中获取,而童年往事却深刻地留在我的每一个记忆细胞里。我们家一板之隔的楼上住着王姓一家,女主人颇有几分姿色,听说是我家对面以前汪伪特务机构"76号"一个小队长的小老婆,抗战后这家男人被镇压了,女主人就拖儿带女的一直住在这里。据说这家的男孩是女主人和楼下糖果厂的小老板的私生子,为此,楼上楼下曾经发生过多起"夺子大战"。我常常背着家里的大人与那个男孩玩,最难忘的玩法是利用地板缝做"地下工作"。楼上的他趴在地上往缝里塞画片、香烟壳子,如遇上大人进房门就敲地板做暗号,那种刺激现在想想都会兴奋无比。可是,长期的"地下工作"的结果是,地板缝越来越大,楼上一拖地板楼下便滴水,楼上开个灯楼下就有一束光,更麻烦的是楼上半夜起身解个手,那直冲痰盂里的尿尿声自然也从天而降。当两家大人们的争吵声此起彼伏时,我们俩偷偷地玩得不亦乐乎。

对于我这样一个没有兄弟姐妹的孩子来说,童年的玩伴大都是邻家姐妹。朱家六个孩子中居然有五朵姐妹花,年龄和我相仿的自然玩得最好。江南有六月六晒箱

我家的老屋

底的民俗，在我的印象中，朱家姆妈每年过了黄梅就要翻箱倒柜地晒，常常会把那些压箱底的漂亮的衣料啊、绸缎被面啊等细软像变戏法一样抖出来。我一边闻着那股散发出来的樟木香味，一边期待着她手里下一个"戏法"的出现。人的记忆很奇怪，有时是一种气味，有时是一种声音。朱家的天井里高高的围墙上有一根自上而下直达阴沟洞的黑色落水管，每当下雨时，管子里会发出很有节奏的漏水声，和着雨声的交织显得异常地单调和宁静。我常常喜欢一个人呆呆地坐在朱家雕花的门栏上，看着那围墙身上流下的雨水，听着管子里那种奇奇怪怪的声音。好多年后，当我听到谭盾创作的水乐时，突然触动了久藏在心底里的那种声音，体会着那种流进心灵深处的原汁原味的声响。

  一般来说在上海弄堂里长大的孩子一定都有"捉迷藏""摸瞎子"的经历，楼上的邹家是我们儿时玩这类游戏的最好去处。白天父母上班，孩子个个可以称大王，家里的大橱里、床底下、门背后都是我们的藏身之地，一旦玩起来七八个"猴子"楼上楼下地乱窜，好不热闹。除了会玩，邹家的姐姐们个个都是女红高手，做衣服、打毛衣、纳鞋底、上鞋帮，常常是几个小板凳门口一放，楼里的姐姐妹妹们便叽叽喳喳聚在一起做着各自手里的活儿。可是那时的我更喜欢像男孩一样在楼道的扶手上滑梯，在那个楼道的拐弯处，有个圆圆的柱子像站着的一个人，我从楼上一滑而下，这个"人"就像一个守护神一样把我挡一下，从来就不用担心会摔下来。

我还记得，在老宅的女伴中，有一个比我大两岁，从小和外公、外婆一起住在楼上西厢房里的女孩，听老人们说起这户人家的事情来就像小说里写的电影里演的那样。女孩的母亲是解放前百乐门的舞女，从照片上看，完全是典型的那个时代的美女，只是邻居们都很少见到她。因为工作的需要，她常常凌晨才回家，况且又都从老宅的小楼梯进出。我们现在已无法了解在这个女人身上发生过多少风花雪月的故事,只知道她的人生很短暂。一次偶然的机会我看到了一套豪华葬礼的照片才"邂逅"了这位邻居。躺在棺材里的那个年轻女人异常美丽,那一张张着了色的被厚厚的卡纸衬托着的大照片,拍得非常细腻精致。红颜薄命的母亲留下一个孤苦伶仃的私生女离开了人世。"文革"后,那女孩在上山下乡的洪流中,到吉林省的某个小山村插队落户。几年过去了,随着上海两位老人的相继去世,她没了返沪的退路,也就草草地嫁给了当地的一个农民。记得有一年她抱着自己的孩子带着东北乡下的老公回过一趟上海,曾经的上海大小姐已是一个彻头彻尾的东北农妇了。现实生活中的她,只是那双大眼睛和说话的语调还能让我感觉到一息少女时代的影子。

随着上海城市的变迁,这座老宅已被拆除,但它身上有过的每块青砖灰瓦都分明成为我生命中的另一种基因和细胞,一种永存我心间的不朽的图腾。曾经有过的这个家也不管是穷过还是富过,经历过多少的坎坷,留在儿时记忆里的都是最温馨的片断。老宅子里的那些风情往事,也不会因为时间的久远而消失,它们永远和我和这座城市息息相关,紧密相连。

老屋的记忆

　　记不得是从哪一天起,我来到了这个不太有亮光的屋子里,只是听老人们说我是从长宁区兆丰别墅抱过来的。

　　这个昏暗的屋子是爷爷、奶奶的家。老屋里摆放着一些陈旧的家具,三面镜子的梳妆台,几只伤了腿的凳子,少了胳膊的椅子,和一个吃饭时经常晃动的桌子。这些黯淡无光的红木家具就像褪了色的衣服,更像一个没落的贵妇,想端着一点贵气却早已没了底气。露出弹簧的旧沙挤在昏暗的角落里等待着它的末日,藤条书架上的书东倒西歪着,因为,它的骨架不是断了就是残了,无力撑起那些厚重的书。屋里唯一的亮点要数那个从房梁上垂下的绿灯罩了,晚上亮灯后透出的那种翡翠般淡淡的绿光给了我些许的愉悦,对着墙壁用手做出小动物的剪影是我童年的游戏。

这个昏暗的屋子最不起眼的角落里,放着一张极不协调的西式琴凳和一个还留着一点红漆的小圆凳。这两件东西都是从我父母的家里搬来的,是当年他们离异时留给我这个五岁孩子的全部家当。几十年后,我听说了当年家庭解体时的情景。那一天,眼看着家具将要全部被运走,我抢下了自己平时坐的那个小圆凳,一边叫着"这是我的",一边拼命地守护那个小圆凳。即将离去的妈妈含着泪说:"再给她留个小桌子吧,以后可以做功课。"这套"家具"连同我的一个有小兔子图案的黄色搪瓷碗一起带进了万航渡路上爷爷、奶奶的家,我也无法抗拒地走入灰暗的童年时代。

　　人在五岁前有多少记忆？我极力从往事的碎片里寻找曾经的那个家，但努力是徒劳的，直到几十年后的一天，父亲来上海出差带我去了一次中山公园附近的兆丰别墅。父女故地重游，历史沧桑巨变，我们无言以对似曾相识的那个家。也许我一辈子都无法弄清这人世间的种种"因为"和"所以"，只知道家庭破碎这种结果带给我的是一生的伤痛。当我第二次走进兆丰别墅时，父亲已不在人世了。人生苦短，真相难辨，人世间有太多的苦痛说不清道不明。

　　当年昏暗的老屋里没有一间像今天这样亮堂的书房，我常常坐在阁楼上，两脚踩在木楼梯的台阶上，借着外墙的反光，啃完一本又一本书。小小的心里埋下了一个大大的愿望，将来若能有一个自己的家，头等大事是先有个书房。一个阳光的书房，一张宽大的书桌，天天拥有一份大大的幸福，人生足矣。

老年时期的爷爷、奶奶

襁褓中的我和母亲、奶奶、姑妈、姑父、叔叔、姑姑们

抗美援朝时期父亲和兄弟姐妹们

安享晚年的父亲的兄弟姐妹们

老屋的楼道里,掉着粉末的石灰墙上,一个大铁钉上挂着我的琴谱。当一首完整的《玛祖卡》舞曲从我指间流出时,我完全陶醉在了自己的音乐里。"文革"岁月里,"自学"成了消磨时间的利器,读书、绘画、书法、音乐……感谢自己内心的喜欢,让时间消磨得没有缝隙。那个时候,业余抄歌并装订成册成了一种流行和时尚,做得最好的男孩成了我心中的偶像,就像现在对歌星的崇拜一样。表弟不知从哪搬来了一台老唱机和一大碟唱片,偷偷摸摸地搬进了家里的小阁楼。然后,我们紧闭门窗,灭了灯火,三五个伙伴头挨着头围着那台唱机,倾听着《梁祝》《命运》《摇篮曲》《嘎达梅林》……那种震撼灵魂的音乐让我们沉醉。在文学艺术遭遇践踏的年代,许多人在用自己的方法满足内心的渴望,感谢音乐和文学给了一个彷徨中的少女以力量。我常常感慨这份幸运,这种美好的情愫陪伴了我一生。

人这一生会经历很多事情,会在不同的地方居住生活,而我对童年待过的老屋最刻骨铭心。那里有我喜欢的美食,可爱的宠物,熟悉的家人,用惯的物品,有遇冷遇热的一年四季,即使老屋不在了,但那种气息仍会留在心里挥之不去。大冷天里,毛巾被冻成冰棍,一折两段;家里养的兔子会偷吃东西,一大锅刚烧好的粥也敢用爪子碰,结果烫得吱吱乱叫;家里养的鸡一公一母颜值很高,不仅讨人喜欢,还会帮着看门;夏天去隔壁严家宅弄堂吊井水冰西瓜;武定菜场买菜排队用篮子、砖头占位;评上三好学生,爷爷、奶奶带我去买白衬衫,胸口绣的是个蓝尾巴的大公鸡;去德大吃西餐,奶奶穿的是黑丝绒对襟衫,纽扣上别了一朵茉莉花;小学一年级,为了送报的方便,我站小板凳在房门上写了大大的"人民日报",爷爷回家夸奖说写得好,从那天起开始教我练毛笔字;学做家务——用煤球炉里烧过的煤灰擦钢筋锅,又亮又干净;每年冬天,家里都要装取暖的火炉,长长的烟囱伸向窗外,大大的煤饼重得拎不动;冬天,为防止冻裂,自来水管都要用稻草包起来；夏天，被奶奶刮痧，脊背上刮出一条条红印；一大清早，随着一声"马桶拎出来"吆喝，各家都会拎着自家的马桶出现在门口，然后就是"哗哗哗"的一片洗涮声，一切如镜头般回闪、回闪。

在老屋居住的童年时代，是不幸的却也是幸运的，人无法预测自己的未来，更无法想象后来的生活。那遥远的求知路上闪烁的星星点点，照亮了我灰色的童年世界，因求知而满足的那种幸福感依然温暖着今天的这颗心。所以，我一直在探求我的人生未知，拿捏属于我的幸福。

我的维纳斯

和老家的石库门相比,乌鲁木齐北路上的花园洋房似乎有着另一种"表情",那是我生命中的另一个家。

小时候的记忆中,这里每家的花园都透着绿,我们院子里的那棵茂盛的大榆树像夏日里的一把大阳伞为我们遮着阳,表兄弟俩常常爬上去帮我捉知了。有时他们还为我掰下棕榈树上的"黄鱼仔",摘下桑树上的红桑果。骑在表哥的"马背"上打三个人的"仗",我是必然的"常胜将军"。我们春天种下的向日葵、蓖麻子,到了秋天,总能有收获的那份快乐,而那棵争气的枇杷树每年都及时让树下的我们解馋。进出这条弄堂,我总能听到叮叮咚咚的钢琴声,和上海戏剧学院学生宿舍里青春洋溢的"美声"。放学后,弄堂就是我们玩耍的天堂,十几个穿上溜冰鞋的男孩们,像条龙似的在红房子、白房子之间穿梭着,忽远忽近的滑轮声和隔壁网球场有节奏的"嘣嘣"的打球声十分有趣地交相呼应着。夏夜的黄昏里,最让我期待的自然是端着竹椅板凳,走进对面文化馆的大草坪上看场露天电影。战争内容往往是表弟的最爱,家里的"大刀""机关枪"很快被他用来演绎电影里的人物,当然,一旦家里遭遇破坏,挨揍的自然也是他了。文化馆的那个大草坪后来盖起了上海宾馆,露天电影的那个白色大银幕从此消失了。

小时候,打三毛球是最普通不过的游戏了。突然有一天,这块球板充当了一个特殊的角色。原因是睡觉的小房间的钥匙老是被我弄丢,姑父干脆把新配的钥匙和球板绑在一起,正反两个面都被写上"安全第一,小心谨慎"。后来,这个小故事成了我们一辈子的大笑话。

在这条弄堂的尽头,隔着一堵矮墙的外国弄堂内有一株又高又大姿态十分优美的大樟树,就像一位美丽的女神宁静地俯视着我们。后来,它的一条美丽的"臂膀"被锯掉了,从此,这棵树成了我心中的一尊"维纳斯"。"文革"扫"四旧",这个资产阶级遗老遗少们的居住区自然难逃厄运,我和"维纳斯"一起见证了那个不幸的年代。如今,它的那条断臂的伤口上早已长出了许多枝丫,可那段伤残的历史却永远定格在我的记忆中。以后每次回娘家,一拐进弄堂,我总会习惯性地先看一眼我的"维纳斯"。

和"维纳斯"留给我同样深刻记忆的,要数那里最大的一个花园了。那里面曾经住过一位特殊人物——宋庆龄生前好友美国老太耿丽淑。她有着一头漂亮的银发,高挑的身材,和蔼的笑容。有时看到我带着小表弟往她

姑妈和姑父的订婚照

青年时期的姑妈和姑父

我和表兄弟们

我和表兄弟们在弄堂里

那幽静的院子里张望时,她会和气地走出来拿出一把糖果放进我的口袋里。这里也曾经是中福会幼儿园的旧址,在没人住的好长一段日子里,那片硕大的草坪曾经是我们随意进出玩耍的天堂。可惜,那栋漂亮的大洋房后来被拆了,大草坪也消失了,在它原址盖起了一栋商务楼。

孩提时的记忆散布在四季的每一缕阳光里,也散落在生活的每一个细节里。很难忘掉当年躺在地铺上,看着姑父坐在书桌前挑灯夜战编写《全国小学生美术教材》的身影,很难忘掉他手里一刀一刀刻出的一枚枚神奇的印章。我喜欢吃他做的可口的色拉,我更喜欢穿上他为我做得漂亮的衣衫。父母是孩子最好的老师,假如说,在我的成长中,姑父倾注的是美的教育,大家闺秀的姑妈给予我更多的是博爱和人生的智慧。回忆过去有时是一种相逢,更是一种浓浓的值得回味的亲情。

我常喜欢在黄昏里看夕阳西下时每家的灯一盏盏地亮起来,因为有灯光就有家人,有家人就有热茶和炉火,就有亲情和家的存在。在我心里维系着的那份永久的亲情,是乌鲁木齐的那个家,和心中那尊永远的"维纳斯"。

小燕子的歌

"小燕子,穿花衣,年年春天来这里,我问燕子你为啥来,燕子说,这里的春天最美丽。"这是一首流行于20世纪50年代的电影歌曲,我喜欢这首歌,是因为它帮我留住了一段童年的记忆。

由王丹凤主演的电影《护士日记》中的这首主题歌,邻居家的大姐姐小姑姑们好像谁都会哼上几句。那时我才三四岁,每到了晚上,妈妈哄我上床睡觉时也习惯性地哼上了这首旋律优美的歌曲,它几乎成了我童年的摇篮曲。记得有一天早上起床时,妈妈像往常一样给我穿上衣裤,看着那件白底小红花的罩衫,我问妈妈:"小燕子就是穿这件花衣裳吗?"妈妈微笑着回答:"是啊,我的女儿就是美丽的小燕子呀。"我高兴地在床上跳啊跳,还做起了燕子式的飞行状。可惜这个和母亲在一起的情景竟是留在我记忆里的唯一的一块幸福碎片,因为没有多久,这个家就解体了。

不幸的家庭有各种不幸。

在中国,许多家庭的不幸遭遇都难逃政治历史的原因。我的父亲、母亲都是上海解放前夕的中共地下党员,坚定的布尔什维克分子。然而,1957年的反右运动把许多优秀的干部和群众打成"右派",我的父亲亦难逃噩运。要丈夫,还是保住自己的党籍,面对选择,母亲要了后者,原因很简单,主义和理想胜过她的骨肉亲情。无奈中,分道扬镳远离上海的父亲和母亲把我留给了爷爷、奶奶。

一个幼小的女孩,将要面对以后没爹没妈的生活,过早地进入了情感的"断奶"期,这是怎样的一种悲惨人生?四十年后我偶然在父亲的遗物中看到了当年的那张离婚判决书,那张泛黄的纸上写着我的年龄是五岁。

由于爷爷、奶奶无力照看,我被送进了全托的幼儿园。记不清有多少个清晨与傍晚,我站在幼儿园的门口,眼巴巴地看着那些被父母牵着小手,每天准时送进来又被按时接回去的小朋友。我一遍遍地数着篱笆上花开花谢的蔷薇消磨孤独,用有限的小指头计算着家中老妈妈来接我回去的日子。我常常在夜间望着高高的房顶和远处一盏孤灯下打毛衣的阿姨的背影,渴望母亲的爱能驱除幼小心灵中的恐惧。断断续续的儿时记忆,时而是视觉的,时而是听觉的,有时甚至是味觉和嗅觉组成的。对牛奶极度的渴望,曾让我情不自禁地躲在门缝里贪婪地闻着远处飘来的奶香,羡慕地看着几个喝得有滋有味,小嘴边上留有一圈白色奶汁的小朋友,生活似乎明确地告诉我,有妈的孩子才会有奶喝。

几十年来,我已经记不起母亲的模样,可是她哼唱的"小燕子"这首歌和那件小花衣,却一直清晰地留在我的记忆中。直到有一天我也当了母亲,哄着怀里的宝宝睡觉时,我也哼起了"小燕子,穿花衣"这首儿时的摇篮曲,让我在熟悉的旋律里,回味着当年依偎在自己母亲怀里的情景……我极力寻找那块遥远的幸福碎片,流着泪,哼着找着,在幻觉中与自己的母亲相逢。

常年遭遇政治迫害且贫病交加的父亲,未完成自己撰写的回忆录便离开了人世。晚年的母亲一直忍受着这辈子丢失女儿的痛苦,她一生未了的心愿就是能求得女儿的宽恕。当我们在人生的岔道上再次相遇时,我看到了那张似曾相识的脸和听到了似乎熟悉的声音。我极力回避母亲的目光,任何肌肤的碰触都会引起我心里阵阵痉挛。让我等了一辈子,也痛了一辈子的母亲,近在咫尺,却远在天涯,失去的还能找回吗?生命的不公还能要

幼年时的我和母亲

回吗？我无法判断当年父母离异中的对与错，可我很难原谅这辈子母亲的抛弃和父亲的冷漠，因为我是他们的孩子。尤其在自己当了母亲之后，更能理解啥叫血浓于水的骨肉亲情。

"我老了，不能再等了啊！"母亲一句轻微且忐忑不安的话语，却撕裂了我的心肺。我握紧了母亲那双苍老的手，那双曾经给我穿过花衣裳的手！我流着泪答应她，一定陪她去父亲的坟地看看，曾经的一家三口将要在那样的场合重逢，心中的悲凉自然难以言表。生活给了我们太多的苦难，让我们各自付出了一生的代价！

随着年龄的增长和心智的成熟，在不断地进行自我修复和疗伤的同时，我一直在寻找另一个曾经被命运抛弃、心理遭受重创，甚至扭曲地成长的自己。客观地探究一下童年的心理，我想对天下所有的父母亲说，不要抛下自己的孩子，他是一个独立的人，有权拥有尊严和人格。我想对被抛弃的孩子说，拯救自己唯一靠的是自己。

在抱怨命运对我不公的同时,我又感慨生活曾经给予我的一切。对于几十年成长中给予关照的姑妈和家族长辈们我心存感激。当我学会用感恩的心去报答养育之恩的时候,我也让自己学会理解母亲当年的艰难处境,也用感恩的心去报答她的生育之恩。

回头看人生,如何评判对与错,又如何判断得与失?我们无力改变世界改变历史,但我们可以改变看待事物的态度,用一颗善良感恩的心和坦然包容的心境去接受一切,这,也许是一种面对现实的最好的选择。

一杯麦乳精

相对于母亲来说,我对父亲的了解要略多一些,这是因为从小在父系家族里长大的缘故,父母婚姻解体的那年,我只有五岁。

假如,人生是一本书,那么记载我和父亲一起生活的那个页面几乎是个空白。因为在我出生的那一年,父亲作为干部调干生保送去了北京上大学,还未毕业。1957年我三岁那年,父亲被打成"右派",遣送去安徽下井挖煤。然后,母亲赶赴安徽照顾,结果以离婚收场。当时留在上海年仅五岁的我又如何理解得了"离婚"二字的分量,又怎么知道等待一个女孩子的是什么样的命运?受尽劳役之累又承受离婚之苦的父亲无法顾及幼小的女儿。偶然探亲回一次上海的他已是落魄得不成样子,很难想象别人所说的"爸爸年轻时是个美男子"的话。我常常惊恐地看着家里来的这个陌生的不速之客。印象中,这个被叫着"爸爸"的大人很少和我说话,他从来都是埋头看书不大看人的。但是,每回爸爸的到来,家里的饭桌上会多几道下酒的菜,奶奶也会给我的碗里多搛几筷肉,往往这时候,我才明白爸爸对我的重要。

家里人都管爸爸叫"书呆子",每次回到上海,他的旅行包里除了几件旧衣服外放的全是书,家里的书架上随手抽一本都可以让他陷进去半天一天的。我总是很好奇,这书到底是什么东西可以让他如此津津有味?晚饭后的时光大大满足了我的许多好奇。爸爸走进爷爷的房间，两杯清茶，天文地理、政治历史、社会见闻、诗歌散文，甚至中医养生，无所不谈。我知道，好多东西都是那些书里告诉他的。同样，爸爸自己也写书，他的书也在传授给许多看书人。坐在小板凳上的我听得如痴如醉，半夜也不肯睡去。这种美妙的灯下夜谈让平日威严的爷爷也变得十分温和，此时，智慧的灵光在灯下漫舞，跳跃的能量在心间流动，我幼小的心灵在慢慢被点亮。人们常常喜欢用"一肚子墨水"来形容知识渊博之人，我想，这样描述爸爸也一点不为过。父亲的社会身份是大学老师，我从来没机会去听他讲课，但他无形中给了我一个家庭课堂，潜移默化地把知识传递给了我。

和父亲相聚的时光总是很短暂，彼此的信息基本靠他给爷爷、奶奶的书信，那些看似普通的家信，还是很让人感觉父亲的文字功力。也许遗传基因和个人悟性的关系，后来，我的写作风格和字体风格都变得和父亲十分相像，可是，除此之外，我们父女间的情感距离却一直非常

我和父亲

遥远。我常常委屈地觉得,他是一位让我敬佩的长者,却并非是父亲,因为我们之间没有亲情。

爷爷、奶奶相继过世后,我更多地住在了姑妈家里。那是一个有阳光的午后,正上小学三年级的我在放学回家的路上碰到了父亲。"爸爸,你回来啦!""哦,出差回上海一趟。"我和父亲从来都很少说话,那天我也一声不响地跟着他走进了乌鲁木齐中路上的一家咖啡馆。父亲要了一杯麦乳精推到了我面前,此刻又香又浓的麦乳精扑鼻而来,我灵敏的嗅觉和味觉一下被激发起来。那年头,喝这个玩意儿可是件奢侈的事啊,而且还是一人独享!一道斜斜的阳光连同梧桐树的枝丫影子通过玻璃窗投在了父亲的头上肩上,勾勒出他分明的五官轮廓。透过从杯子里冒出的腾腾的热气,朦胧中我看到了父亲的那张脸。"快趁热喝吧!"难得听到爸爸如此温和的语调和看到爸爸那双慈祥的眼睛的注视,一种被父爱围绕的幸福感油然而生。我一小口一小口地抿着,生怕喝得太快,那种幸福的感觉会立刻消失。可惜,那天午后的阳光还是走得太快太快,父亲的背影很快消失在火车站的茫茫人海里。无奈中,我梦游般地回到了现实生活中,那杯暖暖的麦乳精让我在灰色的童年岁月中喝得刻骨铭心,终生难忘。

"文革"结束后,父亲劫后余生。他没有回到他出生且战斗过的上海,他把自己一生最后的时光和爱给了科研教学,给了论文写作,唯独没有留给自己的女儿。在以后的十多年里,我们没能再见过,甚至我结婚生子他都没露一下面。除了各自忙于工作生活的琐事外,我的赴日留学在这位抗日战士的心里"划上了一道伤痕",我的走出国门看世界的行动被父亲看作是"大逆不道的叛国行为"。为此,我们父女俩在各自的理想、信念、亲情、道德乃至人生观上做着更痛苦的挣扎。

父亲究竟是怎样一个人?是一个坚守理想信念嫉恶如仇的人,是一个可以为他的"政治理想"抛却儿女情长的人,是一个心地善良却不善表达的人,是一个知识渊博但又异常冷血的人?还是,长期的政治迫害早已把他的肌体、灵魂、思维、认知变得非健康、非正常?还是,我对父亲这一生的磨难理解得太浅,体谅得不够?人世间太多的问号,我又能去哪里寻找答案?

万航一口井

在大上海纵横交错的地图版块上,有一条不算太起眼的小马路,它就是让我走出人生第一步的那条万航渡路。回头看这辈子一路风尘一路汗水走过的漫漫长路,我心里最难忘的还是这条当初来时的童年小路。

万航渡路在历史上的租界时代叫"极司菲尔路",1943年交还中国后改名"梵皇渡路",它以苏州河上的一个渡口命名,是纪念梵蒂冈教皇的意思。一直到1964

年,以谐音改名为"万航渡路"。它南邻静安寺百乐门,北接曹家渡华东政法大学(原圣约翰大学),是上海滩上呈东西走向的百年老街。

印象中的这条街有一种错综迷离似有似无的感觉,不经意间你会发现隐藏在一些沿街的商铺背后某个角落里的老别墅、老洋房、老弄堂、老式公寓。在童年的记忆里,那些熟悉的门啊窗啊里头,时不时地会露出几个小脑袋和稚嫩的应答声。那些熟悉的弄堂、天井、楼道是儿时玩耍的天地,弹硌路上木拖板的踢踏声是童年最好听的回声。"三义坊""长乐坊""中行别墅""华村",还有我长年被全托的幼儿园,那个大草坪、大洋房,这些有着明显上海地域特点的建筑群里,曾经居住过不同年代的名人,如胡适、张元济、盛宣怀等,也有各个阶层不同职业的人士,如教师、医生、银行职员,还有开洗染房、小百货、烟纸店的小业主和散落在各处的普通劳动者。

万航渡路,让成长中的我慢慢记住了这条路上的许多人和发生的许多事。我渐渐弄明白了动画片《大闹天宫》里一直让我魂牵梦绕的孙悟空并不是"住在"美影厂的灰色大铁门里的。我也慢慢知道了,小时候,一旦哭闹被大人们一句"扔进对面水牢里"而吓住的,与我家隔着一条马路的,是在中国历史上能够记上一笔的"76号",那是抗战时曾经关押和牺牲过无数革命志士的汪伪特务机关。解放后它回到人民的手里,曾先后被做过万航渡路小学、建东中学和逸夫职业学校。

当然,这条路上最让我刻骨铭心的,是和死神擦肩而过的一段经历,这段经历和我生命中的一口井有关。小时候,家里无人照看,我从托儿所到幼儿园,常年被全托着直到上小学,万航渡路上的"和平新村"10号便是当年我待过的托儿所。因为我一直是园内最大的孩子,又常常是阿姨老师们的小帮手,所以我比一般孩子要多一些自由,当年正是这份自由差一点送了我的小命。

记得那是一个秋天的下午,老师们正忙着给起床后的小朋友分点心。我带着一个小男孩偷偷溜出了后门，目的是要把隔壁窗台上的一盆花看个究竟。为了满足自己的好奇心，我爬到了窗下的一口井上面，站在那井盖上，我高兴得又叫又跳，没想到，险情就此发生。那木头井盖经不住我的折腾，扑通一声，连人带盖掉了下去。黑洞洞的井下世界里只看到头顶上明晃晃的水波，还没弄明白怎么回事的我脑子里已经是一片空白，手脚不停地在水中挣扎着。没过几分钟，那明晃晃的水波里突然伸下了一根黑乎乎的竹竿，只听到头顶上一片惊慌的叫喊声："快抓牢啊！快抓牢啊！"一种求生的本能让我紧紧抱住了那根救命的竹竿，一条小生命就这样不可思议地给捞了上来，被阿姨们抱下来的我呆呆地看着周围哭着笑着乱作一团的人们。后来是否被送去医院了，这一肚子的水又是怎么吐出来的，我已经不记得了。

惊吓过后的很长一段日子里，我常常会梦见惊心动魄的那一幕，尤其是头顶上那明晃晃的水波和水波里那

爷爷拍的童年的我

寻找当年差点要了我命的那口井

根伸下来的竹竿。我一直不敢想象,如果那天我是一个人在井上玩,如果那个小男孩没有去报信,如果那根救命的竹竿不够长,不管心里有过多多少少个如果或是假设,这一幕让我彻底地明白,生与死的一步之遥是那样偶然。它让我经常反思,这不寻常的"洗礼"是上苍给了我再生的希望,我应该倍加珍惜。

好多年后,我重回故地去看那口井,井口上早已盖上了一块厚厚的水泥板。原来,那次我被救起之后,这口井就没再被使用过。假如说"大难不死,必有后福"能够应验的话,我的人生是否真的会拥有一种"福分"?几十年后的一天,我偶然路过和平新村,特意再次寻访故地。那口差点要了我的命的井已经不见了,那门、那窗的比例也明显"缩小"了。

假如说,万航渡路是我人生的起点,那么上海这座城市的大街小巷留下了我无数的成长的足印。无数次地和同学结伴而行,那是我在上学的路上;无数次地穿越清晨和黄昏,那是我在上班的路上。我走过日本大阪留学打工的路,走过回国创业摄影采访的路,走过地震灾区救死扶伤的路,也走过人生没路可走而柳暗花明的路。

万航渡路,我童年的路,一条难以忘怀的路。

爷爷的胶片世界

我的爷爷是民国时期的一位摄影爱好者,用现在的话说,是一位超级摄影发烧友。

从他拍摄的照片和留下的大量底片里,我能感受到一个家族在时光岁月中的变迁。当我用文字描述那个跌宕起伏的年代时,无形中和他的图片产生了一种契合和对接,这种感觉真是奇妙无比。

爷爷为什么会喜欢摄影,他生活的那个时代究竟对他产生了什么影响？也许,这一切都与他的个性有关,也与他所处的环境有关。爷爷是一位从小受中国传统文化熏陶长大的人,同时,又是受西方文化影响较早的人,年轻时因为一口流利的英语而受聘于上海工部局担任英文翻译。他生性喜欢交友,又喜欢旅游,这样,就让他较早地接触了西方的生活方式,也较早地触摸到照相机——这样一种舶来品。

假如追溯历史,照相机是在鸦片战争以后,由西方的传教士带进中国的,可以说,1839年发明的摄影术是西方科技及文明的一种结晶。1850年左右,上海复旦大学的创办人马相伯目睹了法国神父在刚盖好的董家渡教堂前拍照的情景,他形容这张照片曝光的时间几乎有半个小时,所以坐在镜头前的人都已麻木,拍出来的人是模糊的,但背景这座教堂却非常地清晰。中国被迫开放口岸后,西方的人像摄影师很快进入中国市场,他们原先设定的客户是西方旅客,或在租界里的外国侨民,但很快发现了本土居民的消费能力和要求。人像摄影在20世纪30年代的上海滩风靡起来,同时,这种需求也渐渐走进上流社会家庭,拥有一台相机,也成为有钱有闲阶级身份的象征。爷爷有了第一台莱卡相机,休闲时给妻子拍给孩子拍,增加了家庭的生活情趣,同时也满足了他个人旅游摄影的爱好。那个年代,摄影的兴起也带动了出版、旅游等行业的发展。爷爷经常会将照片投稿给杂志,在摄影沙龙里和摄影爱好者切磋技艺,遇上生活困难的影友,也会慷慨送片,帮人赚些稿费养家。直到晚年,他还记挂着年轻时一起玩过摄影的朋友,逢年过节去探望,还会谈起风华正茂的当年。我想,年轻时代的我奶奶便是他镜头里最好的模特儿了。

我的记忆中一直保留着这样一个情景:上海的一栋石库门老房子,老虎天窗的一束阳光下,一位坐在太师椅上的老人,手拿一台老式的莱卡相机,正对着小板凳上的一个女孩解说着什么……这个祖孙同乐的生活场景,正是我孩提时听爷爷讲解相机的瞬间。爷爷说:"照相机很神奇,它是一个可以玩一辈子的玩具。"爷爷又说:"你只需掌握光圈速度,用光构图你已经在画画中体会了,我就不用教了。"就这样,我背起了那台老相机,迈出了摄影的第一步。兴趣是学习的最大动力,没多久,我学会了简单的拍摄。家里楼梯脚下搭个暗房,我给小叔充当暗房助理,于是,冲胶卷放照片,后期制作也玩得不亦乐乎。在那个黑白年代,一个个胶卷记录了我摄影的成长。爷爷时而也会聊聊他的过去。年轻时的爷爷是个追逐时尚追求新生活的人。朋友们还在穿长衫,他已经换了西装,朋友们在骑马,他开起了摩托车。原版的外文书刊随便翻翻,领略各地风光,了解世界行情。爷爷身上的这种另类成分在他的摄影上也体现得自由自在,无拘无束。到了老年还是高烧不退,经常一个人背着相机到处转,要不就是关在家里,埋头在他的一大堆照片底片里。这个时候没有人可以打扰他,因为没有人能够理解他的内心独

一生爱摄影的爷爷

青年时期的爷爷

中年时期的爷爷

爷爷镜头里的朋友们,长袍、西装是那时职场人员的标配

爷爷镜头里朋友们,摄于20世纪30年代上海大世界哈哈镜前

爷爷的摄影作品

白,他在摄影世界里和自己对话。

爷爷离开我们几十年了,当我重新打开他拍的胶卷底片,当年的影像——在电脑屏幕上再现时,我看到的是一个人用图像记录的所思所想,用图像留下的时光和岁月。他把自己生命的记忆留在了胶片里,而我在不知不觉中继续创造着这种记忆,对我而言,它不仅是一种血脉的延续,更有了一种文化传承的意义。

今天的我似乎更能够理解他当时按快门的感觉。伴随着自己人生几十年,相机镜头帮助我看到的是更加多变的人生百态和世间万物。摄影,本没有严格的定律和格言,它完全在个人的感觉里,在自己的意念中。它更是摄影者视角和品位的体现,也是个人生活方式的一种选择。也许,我和爷爷喜欢摄影的共同理由是——拍照的感觉真好!

后记

人的许多回忆常常是一种画面的再现,写作的过程亦是镜头回闪的过程。我发现这是一个有趣的现象,随着文字数量的增加,摄影的语言也在悄悄地发生改变。当思维打开,文字的表达居然也可以像我的摄影那样随心所欲。这种变化令我感慨,原来生命的轨道是可以这样切换的,生活的内容也可随着性情的改变而改变。

每天,当舒缓的音乐在书房萦绕,我内心的感觉也像水一样地开始流淌，摁动快门的手指在键盘上敲打，那些故事便缓缓地写了出来。无数个日日夜夜的劳作，终于，我的书稿完成了。

感谢文学给了我力量，感谢摄影给了我灵感，感谢音乐滋润了我的心田。

感谢克勒门文化沙龙对本书出版的帮助。

感谢生活·读书·新知三联书店的麻俊生先生对本书出版的辛勤付出。

感谢蒋彦方叔叔、章增叔叔、舒庆华叔叔为本书提供了史料。

感谢家族长辈对本书的关爱和支持。

感谢我的先生葛洪在创作上的一路陪伴。

丹 孃

2017年11月于上海